あぐり☆サイエンスクラブ 春

まさかの田んぼクラブ!?

堀米 薫 作　黒須高嶺 絵

新日本出版社

あぐり☆サイエンスクラブ：春

まさかの田んぼクラブ⁉／目次

1：朝夕の食事うまからずとも　5
2：あぐり☆サイエンスクラブ？　12
3：ガックリ??　おちこぼれクラブ？　18
4：まさかの田んぼクラブ？　26
5：ぼくらは種を食べている　35
6：ゴギョウ餅《もち》　47
7：空を読む　52
8：苗《なえ》はかわいいのだ　61

9：どろんこ田植え　76
10：一粒《つぶ》の米　90
11：神様からのおくりもの　95
12：スプリングブルーム　109
13：三角ちまき　123
14：アグリサイエンス　131
15：カエルの歌が聞こえてくるよ　140
16：田んぼの宇宙《うちゅう》　150

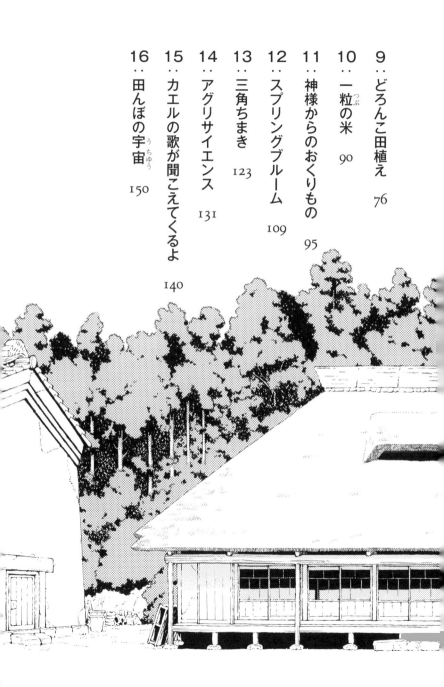

1：朝夕の食事うまからずとも

「あれ？」

玄関《げんかん》のかぎがしまっている。そういえば母さんは、兄ちゃんの学校で役員会があるって言ってたっけ。

「博《ひろし》の学校には、胸《むね》を張《は》って行けるのよ」

今朝、母さんがうれしそうに言った言葉を思い出して、ちょっとだけ胸がうずいた。

兄ちゃんは習ったことをすぐに覚えられるうえに、勉強することが楽しいらしい。

一方のぼくは、習ったことはすぐに忘《わす》れるし、ずっと机《つくえ》に向かって勉強するのもにがてだ。まだ小学五年だけれど、中学受験もとっくにあきらめている。

きっと母さんは、ぼくの学校には胸《むね》を張《は》って行けないよな……。

腹《はら》の中で、もぞもぞと動き出したいじけ虫を封《ふう》じこめるように、差し込《こ》んだかぎをぎゅっとひねった。

ソファーにねころがってゲームをしていると、やっと母さんが帰ってきた。あわててゲームのスイッチを切る。

「おそくなってごめんね」

母さんは、買い物袋《ぶくろ》を両手に下げ、台所にかけこんだ。

「今日の夕ご飯って何？」

「え～と、デパ地下で買ってきたフライドチキンとジャーマンポテト、デザートはグレープフルーツよ」

「ふうん」

ぼくの返事がそっけなく聞こえたのか、買い物袋からおそうざいや果物を出しながら、母さんがけげんな顔をした。

「あら、いやなの？」

「ううん、べ・つ・に」

「べつに」をゆっくり言ってから、ふたたびソファーにねころがった。

そうだよ。べつに、いやじゃない。でも全部、兄ちゃんが好きなものばっかりじゃないか。ぼくは、香辛料《こうしんりょう》たっぷりのフライドチキンやジャーマンポテトよりも、母さん手づくりのから揚《あ》げやポテトサラダのほうが好きなんだけどな。しかも、グレープフルーツの苦みがにがてだから、いつも、ちょっとだけかじって残しているんだぞ。

私立《しりつ》中学二年の兄ちゃんは、電車で一時間もかけて学校に通っている。週の半分は進学塾《しんがくじゅく》に行き、家に帰るのは夜の十時頃《ごろ》になる。兄ちゃんが早く家に帰ってくる日は、兄ちゃんの好きなものばかりが、食卓《しょくたく》にずらりと並《なら》ぶんだ。

「ただいま……」

のっぺりとした声とともに、兄ちゃんが帰ってきた。私立中学のブレザーがかっこいい。「大きくなったら、科学者になりたい」と、夢《ゆめ》を語っていたころの兄ちゃんは、ぼくにとってあこがれの存在《そんざい》だった。ところが最近は、声も大人みたいに低くなったし、ぼくのことを無視《むし》するし、どんどん近寄《ちかよ》りがたくなっていく。

兄ちゃんが、スウェットに着がえてテーブルについた。

そこにめずらしく父さんまでが、会社から早く帰ってきた。

「ただいま……」

こっちは、すりきれたタオルのような声だ。

父さんは、工場の機械を設計《せっけい》する仕事をしている。一度、父さんが読んでいる本をチラ見したことがあった。数字がたくさん並《なら》んでいて、頭がくらくらした。

「最近父さんは、大きなプロジェクトをまかされているらしいのよ」

この間、母さんがそう言っていた。眉《まゆ》の間のしわが深くなるいっぽうだし、きっと、めちゃくちゃむずかしい計算をしているにちがいない。

あんまり頭を使いすぎて、病気になったりしませんように。

ぼくは時々、父さんの背中《せなか》に向かって、そっといのっているんだ。

食卓《しょくたく》に並《なら》んだフライドチキンを見るなり、父さんがしぶい顔をした。

「おれ、あっさりしたものが食いたかったなあ」

「まあ、ひどい。早く帰るなら帰るで、何が食べたいか、ちゃんと連絡《れんらく》をくれればよかったのに」

母さんはむっとして、とげとげしい口調になった。

あ〜あ、父さんったら、地雷《じらい》をふんじゃった。たとえ兄ちゃんの好きなものばかりが出たって、だまって食べるのがエチケットってもんだよ。ぼくはこの間、まんが歴史物語で読んだぞ。戦国武将《ぶしょう》の伊達政宗《だてまさむね》だって、「朝夕の食事　うまからずとも　ほめて食うべし」って言っているんだからね。

ぼくたち四人は食卓について、晩《ばん》ご飯を食べ始めた。

父さんはおかずをつつきながら、面白《おもしろ》くなさそうに、テレビのチャンネルを変え続けた。兄ちゃんは、好物のフライドチキンをもくもくと食べている。ぼくは、母さんが「どう、おいしい？」と聞くたびに、「うん」と、相づちだけは打っておく。

ご飯を食べおえるころ、電話の着信音がなった。母さんがいすから立ち上がり、受話器をとって耳に当てる。

「もしもし。ええ、そうです。え、学《まなぶ》が？　何も聞いていませんが……」

母さんの声が、急にこわばったのがわかる。ぼくのことで、何かまずいことが起こったにちがいない。必死に耳をすます。

「ええ、そうですか。わかりました。本人にもよく確《たし》かめておきます」

受話器を置くと同時に、母さんがさっと振《ふ》り向いた。残念ながらにっこりではなく、目を三角にして！

「学、いったいどういうこと？　今、塾《じゅく》の藤原《ふじわら》先生から連絡《れんらく》があったわよ。あぐりサイエンスクラブっていうものに入ったんですって？」

「あ～！」

ぼくは、両手でほおをはさんだまま、大きな声で叫《さけ》んでいた。

頭の中に、数日前の塾でのできごとが、くっきりとよみがえってきた。

２：あぐり☆サイエンスクラブ？

あの日のぼくは、塾《じゅく》にちこくしそうになって急いでいた。ビルのドアを開け、塾へ続く階段《かいだん》をのぼろうとしたところで、黒いスーツ姿《すがた》の女の人とすれちがった。その時、目の前にチラシがひらりと落ちた。

「あ、落とし物です！」

チラシを拾って振《ふ》り返ったときには、女の人の姿は、ドアの向こうに消えていた。

わ、美人！

チラシには、さっきの女の人の写真がのっていた。切れ長ですずやかな目に、思わずひきこまれそうになった。急いでチラシに目を走らせる。

——あぐり☆サイエンスクラブ員募集《ぼしゅう》！

野外活動をしながら科学を体験しよう！

早朝活動＆合宿あり

クラブ活動：毎週土曜日　クラブ費：月５００円

指導《しどう》：藤原《ふじわら》あぐり

定員：小学五年生　限定《げんてい》三名。応募者《おうぼしゃ》多数の時は抽選《ちゅうせん》

＊申込用紙《もうしこみようし》は掲示板《けいじばん》に備《そな》え付《つ》けの箱にいれてください。

待っています！

読みおえると同時に、ごくりとつばを飲み込《こ》んだ。

——学《まなぶ》くん、待っています！

あぐり先生の声が、聞こえたような気がしたのだ。

まさかね。でも、科学体験とか野外活動という文字が、キラキラとかがやいて見える。おもしろいことが待っていそうな予感がする。よ～し、申《もう》し込《こ》んじゃおうっと。

思いついたいきおいで、チラシの下の部分についていた申し込み用紙《ようし》に、住所と名前を書きこむと、掲示板《けいじばん》備《そな》え付《つ》けの箱に用紙を入れたのだった。

その「あぐり☆サイエンスクラブ」から、入会のお知らせがきたんだ。

喜びたいところだけれど、この状況《じょうきょう》はピンチだ。親に相談もしないで、勝手に申し込んだのがばれてしまった。

母さんは、ぼくを問いつめてくる。

「どういうことか、ちゃんと説明しなさい」

「それは、え～と……」

あわてて部屋にとってかえすと、塾《じゅく》のカバンの中をさぐった。チラシをつかんで、父さんと母さんの前にさしだした。

「こ、これです……」

きんちょうで、手が少しだけふるえる。そんなぼくを横目に、兄ちゃんはデザートのグレープフルーツを、もくもくと口に運んでいる。

父さんと母さんは、クラブの案内に、いぶかしげに目を走らせた。

「ふうん、体験クラブか。勉強を教えてくれるわけじゃないんだな」

「でも父さん、さっき先生と電話で話したけれど、塾《じゅく》では高校生を教えているらしいし、感じはよかったわよ」

母さんの声が、少しだけやわらいだ。

「それに、先生が活動場所まで送り迎《むか》えもしてくれるんですって。わたしもこのごろ、博《ひろし》のことで忙《いそが》しいから助かるわ」

母さんの声が、いきなりぼくに向かってきた。

「学《まなぶ》、勉強も、もっとがんばるわよね！」

「う、うん、がんばる！」

とりあえず、大きくうなずいた。

すると父さんは、考えるのもめんどうくさいといった風に、ぼそっと言った。

「いいんじゃないか。やってみれば」

やった！　勉強をがんばる約束をさせられてしまったのは余計《よけい》だったけれど、なんとかピンチをクリアだ。

あぐり☆サイエンスクラブ！　なんだか本当に、おもしろいことが始まりそうだぞ。

その夜、ぼくは、ひさしぶりにわくわくしながら、ふとんに入った。

3：ガックリ⁇　落ちこぼれクラブ？

いよいよ第一回目のクラブ活動の日。

どんなメンバーが来るのかな。どんなことが始まるんだろう。

はやる気持ちを胸《むね》に、塾《じゅく》のあるビルを目指した。

ビルの前には、男子がひとり、立っていた。ぽっちゃりした体つきと、ブランド物のカーディガン。いやな予感がする。

男子がうつむいていた顔を上げた。八の字に下がった眉《まゆ》につぶらな瞳《ひとみ》。まるで、甘《あま》えん坊《ぼう》の子犬のようなこいつは……。

「角谷雄成《かくたにゆうせい》……！」

となりのクラスの角谷雄成《かくたにゆうせい》だ。去年からぼくと同じ塾《じゅく》に来ていたけれど、最近は顔を見かけなかった。その雄成が、なぜここにいるんだろう?

「別に、ぼくが入りたいと思ったわけじゃないよ……」

カーディガンのボタンをはずしたりしめたりしながら、雄成はほっぺたをぷうっとふくらませた。

「塾から、たまっていたドリルが送られてきたんだ。その中にクラブ員募集《ぼしゅう》のチラシが入っていて、パパとママが、ためしに行ってみろって言うんだもの」

ぼくは、肩《かた》をすくめた。自分の親をいまだにパパ、ママって呼《よ》んでいるなんて、甘《あま》ったれって感じ。しかも、親から言われてしかたなくだなんて。この調子じゃ、塾と同じように、クラブのほうも長続きしないかもな。

雄成がクラブ員だと知って、気持ちがいっきにしずんだが、絶望《ぜつぼう》するにはまだ早い。クラブ員はもうひとりくるはずだ。

すると、ビルのかどから、ツインテールの髪《かみ》をゆらしながら、女子が現《あらわ》れた。ざっくりとしたパーカーにキュロットパンツ。気の強そうな一本まゆに、ぱっちり二重《ふたえ》の大きな目。

「朝海奈々《あさみなな》……！」

同じクラスの奈々だ。まさか、奈々が最後のひとりだなんて！

奈々とはずっと同じクラスだったけれど、ほとんど話をしたことがない。負《ま》けず嫌《ぎら》いのうえにつっけんどんだから、男子からははけむたがられている。女子のグループにも入っていないらしく、一匹《ぴき》オオカミって感じだ。

雄成《ゆうせい》の時と同じように、おそるおそる聞いてみる。

「もしかして、あぐり☆サイエンスクラブ？」

「そうよ、悪い？」

奈々は、つんと横を向いた。まったくかわいげがない。

奈々の話はこうだった。

ぼくとあぐり先生が階段《かいだん》ですれちがった日、奈々は、スーパーからの買い物帰りでたまたま塾《じゅく》の前を通りかかり、あぐり先生が落としたチラシを拾ったという。

「あたし、別に科学に興味《きょうみ》があるってわけじゃないんだけどさ。自分のおこづかいでクラブ費を出せるところが気に入ったんだ。土日に、友だちとあそんでむだづかいするより、ずっとましだもんね」

参加のポイントはそこ？　そういえば女子のだれかが言っていたけれど、奈々《なな》はお母さんとふたり暮《ぐ》らしで、仕事が忙《いそが》しいお母さんのかわりに、家事もやっているらしい。それで金銭《きんせん》感覚も、めちゃくちゃしっかりしているのかも。

奈々が、いぶかしげに眉《まゆ》をひそめた。

「あたしからも聞くけど、学《まなぶ》はどうなのよ」

雄成《ゆうせい》も、興味深げにぼくを見る。よくぞ聞いてくれたよ。ぼくは、鼻息も荒《あら》く言った。

「自分で申《もう》し込《こ》んだんだ。科学体験や野外活動がおもしろそうだから！」

「ふうん」

雄成《ゆうせい》と奈々《なな》は、それがどうしたというように、気のない返事をした。はりきっていたぶんだけ、がくりと力が抜《ぬ》けていく。

心にどんよりと黒い雲が立ち込《こ》めた時、目の前にぱっと青空が広がった。いや、青空のように見えたのは、空色のワゴン車だった。運転席には、女の人が乗っている。

「おはよう！」

女の人は、運転席のまどを開けて半身を乗り出した。切れ長のすずやかな目。あぐり先生だ！

「あぐり☆サイエンスクラブのみなさんね、さあ、車に乗って！」

あぐり先生の口元から白い歯がこぼれ、ワゴン車のドアがすうっと音を立てて開く。

ぼくと雄成は後部座席《ざせき》に、奈々が助手席に乗った。

「今から活動場所に移動《いどう》しま～す」

あぐり先生の声で、車が動き出した。

そういえば活動場所って、どこだろう。きっと、自然がいっぱいのところにちがいない。野外活動で何をするのかな。しぼんでいた心が、少しだけふくらみ始めた。

あぐり先生は、黒いゴムでゆわえた長い髪《かみ》を楽しげにゆらしながら、ぼくたちのいる後部座席《ざせき》にも届《とど》くように声を張《は》り上げた。

「みなさん、わたしが、藤原《ふじわら》あぐりです。どうぞよろしくね！」

「よろしくお願いしま～す」

ぼくたち三人は、声をそろえた。

車が走り出してしばらくしたところで、思い切って口を開いた。あぐり先生にどうしても確《たし》かめておきたいことがあったのだ。

「先生、クラブには、何人ぐらい応募《おうぼ》があったんですか？」

「うふふ、実はね、申《もう》し込《こ》みしてくれたのは、学《まなぶ》君と雄成《ゆうせい》君のふたりだけだったの。奈々《なな》さんも参加してくれて、本当によかったわ」

あぐり先生は、いたずらがばれた子どものように、ちろりと舌《した》を出した。

それぞれに、変な訳《わけ》ありのぼくたち。なんだか、先が思いやられる。こんなんじゃ、

「あぐり☆サイエンスクラブ」じゃなくて、「ガックリ?? 落ちこぼれクラブ」だよ。

車のまどガラスに、ぼくのしょぼくれ顔がうつっている。車の外の風景は、街並《まちな》みを通り過《す》ぎ、やがて緑豊《ゆた》かなのどかなものに変わっていく。

三十分ほど走っただろうか。やっと車がとまった。

４：まさかの田んぼクラブ？

「さあ、ついたわよ。ここが活動場所です」

あぐり先生にうながされ、車を降《お》りたぼくたちは目を見張《みは》った。

目の前にどんとたっているのは、古めかしい一軒家《いっけんや》だ。どっしりとおおいかぶさるような屋根は、枯《か》れた植物のようなものでおおわれている。家の前面には、広い板の廊下《ろうか》がついていて、壁《かべ》は土でできているようだ。

家の隣《となり》には、倉庫のような建物、そして広い中庭があり、まわりを屋敷林《やしきりん》がぐるりと囲《かこ》んでいた。

「雄成《ゆうせい》、見ろよ。昔話の世界みたいだぞ」

「ほんとうだ……、今も人が住んでいるのかな」

「これ、かやぶき屋根だよ。あたし、本物を初めて見た」

ぼくも奈々《なな》も雄成《ゆうせい》も、マンション住まいだ。何もかもがめずらしくて、じろじろとのぞきこんだ。

「ここは土間《どま》といって、玄関《げんかん》と作業場を兼《か》ねているのよ。靴《くつ》のまま入っていいからね」

あぐり先生はそう言うと、ひょいっと敷居《しきい》をまたいで中に入った。ぼくたちもまねをして、スニーカーのまま敷居をまたいだ。

「ここが玄関？　めちゃ広い！」

「これ土？　それともコンクリートかな……」

「雄成、ほら、土よ。つま先でこすったら土がけずれたもの」

がらんとした土間は、ぼくのマンションのリビングより広い。土間の土はコンクリートと違《ちが》って、やさしく足の裏《うら》を押《お》し返してくる。土間から上がってすぐの、板敷《いたじき》の床《ゆか》のむこうには、広い座敷《ざしき》が続いていた。天井《てんじょう》を支《ささ》える太い木は、いかにも年代物らしく黒光りしている。

口をぽかんと開けて見回していると、ドドドドという音とともに、地ひびきが体に伝わってきた。おどろいて中庭へ出ると、大人の背丈《せたけ》の二倍はある、大きなトラクターが現《あらわ》れた。

あぐり先生が、合図をするように右手を左右にふった。すると、トラクターはエンジンを止め、運転席から、日に焼けて茶色の顔をしたおじさんが降《お》りてきた。

「みんなに紹介《しょうかい》します。もうひとりの先生、鎌足《かまたり》さんです」

「うそ！　まじで？」

ぼくたちは、そろって声を上げた。このおじさんが先生だって？　黒色のつなぎ姿《すがた》で、ズボンも長靴《ながぐつ》も、泥《どろ》まみれではないか。

雄成《ゆうせい》が、鎌足先生の顔とあぐり先生の顔をきょろきょろと見くらべ始めた。

あれ？　切れ長の目と、はしがきゅっと持ち上がったような口元がそっくりだ。もしかしたら、あぐり先生と鎌足《かまたり》さんは……。

「鎌足さんって、あぐり先生のお父さんでしょ」

奈々《なな》は、だれよりも先に、思ったことを口に出す。

「そうだよ。どうしてわかったのかな？」

「だって、目と口が似《に》ているもん」

奈々の言う通りだ。ぼくと雄成《ゆうせい》もうんうんとうなずいた。

鎌足さんは、顔いっぱいに笑いを広げた。

「ははは、あぐり、良い子たちじゃないか」

あぐり先生は、周囲をぐるりと手で指《さ》し示《しめ》した。

「ここがクラブ活動場所です。わたしが生まれ育った家で、今は父がひとりで住んでいるの。建ててから百年近くたっている古い家なのよ」

百年か……。まるで昔にタイムスリップしたような気持ちになる。

とつぜん、おばあさんの声が聞こえた。

「あぐりちゃんよ、段取《だんど》りはできてっからな〜」

声のする方を見ると、作業着に長靴姿《ながぐつすがた》のおばあさんとおじいさんが、中庭にぞろぞろと入ってきた。

「あ、みんなを応援《おうえん》してくれる皆《みな》さんが来てくれたわよ。紹介《しょうかい》するわね」

あぐり先生は、「あぐり☆サイエンスクラブ応援隊」のメンバーを紹介してくれた。

「まずは、茂《しげる》さん。牛を二十頭飼《か》っているのよ」

肩幅《かたはば》の広い茂さんは、髪《かみ》の毛も眉毛《まゆげ》も真っ白だ。入れ歯なのか、きれいにそろった白い歯が口からのぞいている。

「こちらが、茂さんのおくさんの、美代《みよ》さん。子牛を育てたら右に出る人がいない、子育て名人なの」

がにまたの美代さんは、スカーフのついた帽子《ぼうし》をかぶっている。にこにこしてやさしそうだ。

「そして、米作り農家の耕三《こうぞう》さん」

ぽっこりと丸いおなかをつきだした耕三《こうぞう》さんは、髪《かみ》は真っ白なのに、眉毛《まゆげ》だけがまるで歌舞伎《かぶき》役者みたいに黒くて太い。

「よろしくおねがいします」

あぐり先生が茂《しげる》さんたちに頭を下げるので、ぼくたちもあわてて頭を下げた。

「よ、よろしくおねがいします……」

声をそろえてあいさつをしながらも、胸《むね》の中に不安が広がっていく。この人たちが本当に、ぼくたちの応援隊《おうえんたい》？　どう見たって、農家のおじいさんとおばあさんだ。あやしい、あやしすぎる。

不安をかかえたまま、あぐり先生に連れられて、屋敷《やしき》の外へぞろぞろと歩いていった。

目の前には、土がごろごろしたままの土地がどこまでも広がっている。

あぐり先生は、かくしもっていた宝物《たからもの》を自慢《じまん》でもするように、目をかがやかせながら言った。

「そしてここが、活動場所のメインとなる田んぼです」

ぼくたちは、ふたたび、声をそろえて叫《さけ》んだ。

「え、田んぼ〜？」

こんな田んぼで、いったい何をするっていうんだろう。

ぼくたちは、顔を見合わせた。

「ではさっそく、活動を始めましょう。まずは、クラブ服に着がえてください」

あぐり先生に背中《せなか》を押《お》されるようにして家にもどると、土間のすみに、ぼくたちのための長靴《ながぐつ》、青いつなぎ、手袋《てぶくろ》、そして帽子《ぼうし》がそろえてあった。つなぎは、ズボンと上着がひと続きになった形で、服の前面に長いファスナーがついている。

ぼくたちは、宇宙服《うちゅうふく》のようなつなぎに四苦八苦だ。

「これ、どうやって着るのかな……」

「まず足を入れて、それからそでに腕《うで》を通すんだよ」

「これでヘルメットを持ったら、あたしたち、宇宙飛行士かもね」

着替《きが》えをして家の外に出ると、黒のつなぎ姿《すがた》に着替えたあぐり先生が待っていた。

あぐり先生は、まるで晴れ着を着た子どもを見るように、目を細めた。

「みんな、とっても似合《にあ》っているわよ！」

ほめられたら、悪い気はしない。ロケットに乗り込《こ》む宇宙《うちゅう》飛行士のように胸《むね》をはり、あぐり先生のあとについていて、大きな倉庫のような建物に入った。

そこでぼくたちを待っていたのは、一列に長い装置《そうち》だった。

5：ぼくらは種を食べている

装置《そうち》のはじには、長方形をしたプラスチック製《せい》の箱が、うずたかくつまれている。

「この箱は、種をまいて苗《なえ》を育てるための、苗箱です」

あぐり先生は、箱を一枚《いちまい》手に取って装置にのせた。

「そしてこの装置は、自動で種まきをするコンベアーです」

あぐり先生は、コンベアーのわきを歩きながら、流れを説明していった。

「苗箱をコンベアーにのせると、箱に土が入り、水をかけ、種をまいて、最後に薄《うす》く土をかぶせるまで、全部自動でやっていきます。種をまきおわった苗箱は、軽トラックでビニールハウスに運び、苗に育てます」

「はあ……」

ぼくも雄成《ゆうせい》も奈々《なな》も、ぽかんとしたままだ。第一、何の種をまくんだろう。ぼくは、あぐり先生にたずねた。

「あの……、種って何の種をまくんですか？」

「みんなが毎日食べている、ご飯。つまり、お米よ」

「へ？　お米って、田んぼに苗《なえ》を植えて作るんじゃないんですか？」

ご飯の白い米粒《こめつぶ》と種まきという言葉が、結びつかない。頭に浮《う》かぶのは、テレビでよく見る、田植えの光景だ。

「その苗を育てるために、稲《いね》のもみを、種としてまくのよ」

あぐり先生は、ぼくたちの手のひらに、茶色の粒をぽろぽろと落とした。

「外側のもみ殻《がら》をむいてみるわね」

これがもみ？　あぐり先生がつめの先で茶色い皮をむくと、見覚えのある白い米粒《こめつぶ》が現《あらわ》れた。

「あ、本当だ。米だ！」

まるでマジックを見たように、目が丸くなる。

あぐり先生は、種もみをぼくたちの目の前に近づけた。

「よく見てね。苗《なえ》が早く育つように、種もみを水につけて、すこしだけ芽を出してあるの」

「へえ～、これが芽か」

確《たし》かに、種もみのはじっこから、先のとがった白い芽がぽつっと出ている。

やっと、いろいろなことがつながった。ぼくたちが食べている米は、稲《いね》の実であり種なんだ。

あぐり先生の口調が、てきぱきとしたものにかわった。

「では、今日の活動を始めましょう。奈々《なな》さんと雄成《ゆうせい》君は、学《まなぶ》君に箱をわたす係。学君はベルトコンベアーに箱をのせていく係をうけもってください」

ぼくたちは、あっけにとられた。

「え～、ぼくたちも種まきをするんですか？」

「そうよ。ここでは、田んぼを中心に、なんでも体験をしてもらいます」

「でも、やったこともないのに、本当にできるのかな……」

雄成《ゆうせい》が不安げにつぶやいた。

「心配ないわ。ちゃんと段取《だんど》りはできているから。それに、やったことがないことに挑戦《ちょうせん》するほうが楽しいと思わない？　あぐり☆サイエンスクラブが大事にするのは、『体験に勝《まさ》るもの無し』ですからね」

あぐり先生はにこにこと楽しげだ。

おしだまるぼくと雄成をしりめに、奈々《なな》はおもしろい遊びを手に入れたように、体をはずませた。

「へえ、なんだかおもしろそう！　あたし、種まきなんて初めてだもの」

ぼくだって、お米の種まきなんて、生まれて初めてだ。でもぼくは、科学体験や野外体験をするために、ここにきたはずだぞ。こんなことでいいのかな。胸《むね》のなかに、もやもやがひろがっていく。

するとあぐり先生が、ぼくの耳元でささやいた。

「学君《まなぶ》、理科の勉強だけが科学じゃないのよ。科学はあらゆるところで体験できるの」

「あらゆるところ？」

「そうよ。頭でっかちじゃなくて、まずは、体を動かそう！」

あぐり先生がそう言いながら、ポンとぼくの背中《せなか》をたたく。その勢《いきお》いに押《お》され、胸《むね》につかえていたもやもやが、少しだけ流れ出した。

そうだっけ。何かおもしろいことが始まる予感がして、あぐり☆サイエンスクラブに飛び込《こ》んだんだ。ようし、まずは挑戦《ちょうせん》してみるか。それに、苗箱《なえばこ》をわたしたりのせたりするだけなら、簡単《かんたん》そうだしな。

自分にそう言い聞かせると、決められた位置についた。

「よし、始めるぞ！」

鎌足《かまたり》さんが、機械のスイッチを入れた。ぐんぐんぐんとモーターの回る音がして、コンベアーが動きだした。いよいよだ。奈々《なな》と雄成《ゆうせい》が交互《こうご》に差し出す苗箱《なえばこ》を受け取って、コンベアーの上にのせていくと、苗箱は次々と流れていく。

「あ、学《まなぶ》ったら、何やってんの！」

奈々のするどい声にどきりとした。いつの間にか、コンベアーの上を進んでいく箱と箱の間にすき間ができて、土や種が地面にぼろぼろとこぼれ落ちているではないか。

「え？　え？」

あわてて手が止まってしまったぼくのことなどお構《かま》いなしに、コンベアーは動き続ける。受け止める苗箱がなくなり、さらにこぼれ落ちる土と種もみ……。

「ようし、いったんストップだ」

鎌足さんはスイッチを切り、苗箱を手でそろえなおしていく。奈々の冷たい視線《しせん》が痛《いた》い。こんなんじゃ、体験どころか、みんなの足手まといだ……。

気落ちするぼくに、美代《みよ》さんが声をかけてくれた。

「よっくと見て、工夫《くふう》してみな。学《まなぶ》ちゃんならできっから」

美代《みよ》さんたら、ちっとも役に立っていないのに、ぼくを責《せ》めるどころか、はげましてくれる。あぐり先生も茂《しげる》さんも鎌足《かまたり》さんも耕三《こうぞう》さんも、ぼくがへまをやらかすことなんか初めからちゃんとお見通し、というようにどんとかまえている。

「さあ、気を取り直して始めるぞ」

鎌足さんがスイッチを入れ、コンベアーが再《ふたた》び動き出す。

よく見て工夫してと……。美代さんの言葉通りに、苗箱《なえばこ》の入れ方をいろいろ試《ため》しているうちに、はっと気がついた。

そうか、すき間を作らないようにするには、箱と箱を軽く押すようにしてコンベアーにのせていけばいいんだな。ようし、今度はうまくいったぞ。

こつがわかってほっとすると、みんなの仕事を見る余裕《よゆう》もでてきた。

奈々《なな》と雄成《ゆうせい》は、ぼくに苗箱をわたし、ぼくはコンベアーの上に苗箱をのせていく。

あぐり先生は忙《いそが》しく動き回りながら、土の量や機械の調子をチェックし、美代さんは、種もみの補充《ほじゅう》をする。鎌足《かまたり》さん、茂《しげる》さん、耕三《こうぞう》さんの男性組《だんせいぐみ》は、種まきのおわった苗箱《なえばこ》を軽トラックにつんでビニールハウスへと運んでいく。

この流れのどこかが止まってしまったら、仕事は先に進めないいんだ。

ぼくは、集中して苗箱をのせていった。しだいに、体の動きにリズムが出てきた。

ところが、急にリズムが狂《くる》いだした。雄成《ゆうせい》から手わたされるはずの苗箱が来ないのだ。

様子をうかがうと、雄成は、苗箱の山にもたれかかってぼんやりしている。

あいつったら、早々と、仕事にあきてしまったんだ。

「ちょっと雄成、ちゃんとしなよ！」

奈々《なな》から白い目でにらまれたとたん、雄成の目は自信を失ったようにくもり、みるみる生気をうしなっていった。雄成のことだ。このまま役目を投げだして、逃《に》げ出してしまうんじゃ……。

その時、美代《みよ》さんが雄成に手まねきをした。

「雄成ちゃ〜ん、こっち、こっち！」

雄成《ゆうせい》は、わたりに船とばかりに、さっさと美代《みよ》さんのもとへ走っていった。

「学《まなぶ》も、ぼ～っとしないで」

あっけにとられるぼくの手に、奈々《なな》が苗箱《なえばこ》をぐいっと押しつけてきた。あわてて受け取り、コンベアーにのせてやる。

「雄成ちゃん、下にこぼれた土を集めてけろ」

雄成は、美代さんにスコップを持たされ、はりきって働き始めた。

「雄成ちゃん、次は茂《しげる》さんの苗箱運びを手伝ってきてけろ。それがおわったら、袋《ふくろ》に入れてある種もみを持ってきてな」

「は～い！」

うまいぐあいに目先を変えられることで、雄成はけっこうがんばって仕事をしている。まるで、美代さんの手のひらの上で、ころころと転がされているみたいだ。

あぐり先生が、ほれぼれしたようにつぶやいた。

「美代さん、さすがだわあ。牛飼《うしか》いさんは牛だけじゃなく、人のあつかいも上手なのねえ」

へえ、美代《みよ》さんは、牛や人のあつかいがうまいのか。どうやってそんな、魔法《まほう》のような力を身につけたんだろう。ぼくは、がにまた姿《すがた》でにこにこしている美代さんを、まじまじと見つめた。

「みんな、もう少しでお昼になるから、もうひとがんばりね」

あぐり先生はちらりと腕時計《うでどけい》を見ると、両手に苗箱《なえばこ》をかかえて運んできた。どんどん運ばれてくる苗箱を見て、「うえ！」と声がもれた。さすがの奈々《なな》も、不安げな顔になる。

ぼくは、あぐり先生にたずねた。

「あの……、苗箱ってちなみに、何枚《なんまい》あるんですか？」

「全部で千五百枚よ」

「千五百枚？」

「そうよ。茂《しげる》さんと耕三《こうぞう》さんとうちの三軒分《げんぶん》」

あぐり先生は、さらりと言う。

うそでしょう？　ああ、もうこの種まきは、永遠《えいえん》におわらないのかもしれない……。

一瞬《いっしゅん》、気が遠くなった。いっそのこと機械が故障《こしょう》してくれないかな、という願いさえも頭をかすめたが、「機械は順調よ～」という、あぐり先生の声で、現実《げんじつ》に引きもどされる。

おなかがぺこぺこだし、もうがまんも限界《げんかい》という時。

「よ～し、いったん昼にするぞ～」

鎌足《かまたり》さんが機械のスイッチを切った。モーター音が止まると同時に、建物の中がしんとする。やっと苗箱入れ《なえばこい》から解放《かいほう》されると思うと、心の底からほっとした。

背中《せなか》から、「はあ」という小さなため息が聞こえた。振《ふ》り向くと、奈々《なな》がはずかしそうに目をそらした。奈々も疲《つか》れていたんだな。ぼくがなんとか二時間がんばれたのは、奈々がとぎれなく苗箱をわたしてくれたからだ。口は悪いけれど、ぼくよりも、ずっとがんばりやだ。ほんのちょっぴり、奈々を見直した。

6：ゴギョウ餅《もち》

お昼ご飯を食べるために、みんなで作業場に車座《くるまざ》になった。

美代《みよ》さんが風呂敷《ふろしき》をとくと、大皿に黄な粉《きなこ》をまぶした、緑色の餅がのっている。

草餅《くさもち》だ。あぐり先生が、まるで子どものように、美代さんの肩《かた》にだきついた。

「わあ、ゴギョウ餅ね！　今年も食べられるなんて、幸せ～！　美代さん、ありがとう」

「あぐりちゃんが喜んでくれるんだもの。作らねでいられねえよ」

美代さんは、顔をほころばせた。

「仏壇《ぶつだん》にあげてきます！」

あぐり先生は、皿に餅《もち》をひとつのせ、家の中に入っていった。美代《みよ》さんは、うんうんとうなずきながら、ぱたぱたと足音を立てて走っていくあぐり先生の後《うし》ろ姿《すがた》を、やさしい目で追う。ぱたぱたと足音を立ててもどってきたあぐり先生は、ぼくたちのために、皿に餅を取り分けてくれた。

「美代さんはね、毎年、ゴギョウの新芽をつんで餅を作ってくれるの。春は、草や木から新芽がふき出す季節。ゴギョウ餅は、一年のうちでこの時期しか食べられない旬《しゅん》の味なのよ」

「ゴギョウ餅?」

ぼくは、聞きなれない言葉を口の中でくり返した。あわい緑色の餅は、スーパーで一年中売られている草餅と同じだ。なのに、あぐり先生も美代さんも、ゴギョウ餅と呼《よ》んでいる。

「ゴギョウって、いったい何?」

「どう見ても草餅だよね……」

奈々《なな》と雄成《ゆうせい》も、緑色の餅《もち》をはしでつまみながら、首をかしげた。

「ああ、ちょっと待っててな」

美代《みよ》さんは、ひょいと立ちあがり小走りに外へ出ると、二種類の草を手にもどってきた。一つは、野菜の春菊《しゅんぎく》に似《に》た緑色の草で、もう一つは、細長い薄緑色《うすみどりいろ》の葉がついた草だ。

美代さんは、はじめに、春菊に似た緑色の草をぼくたちの手にのせた。

「店で売っているような草餅は、たいてい、このヨモギの葉で作るんだよ」

ヨモギは、校庭のすみにもよく生えている雑草《ざっそう》だ。

美代さんは、次に、薄緑色の草をぼくたちの手にのせた。

「これが、ゴギョウさ。昔は、この葉を使って、草餅を作ったんだよ」

細い楕円《だえん》の形をした葉は、表面に白くて細かいうぶげのようなものがうっすらと生えていて、指でつまむと耳たぶのようにやわらかい。

「うちはゴギョウの味わいが好きで、今でもこうして作っているんだよ」

「あれ？　そういえば、ゴギョウってなんかで習ったことない？」

奈々《なな》が記憶《きおく》をさぐるように目をしばたかせた。確《たし》かに聞いたことがある。正月に学校で暗記させられたような……。たしか、こんな感じだった。

「え～と、せり、なずな、ごぎょう、はこべら、ほとけのざ、すずな、すずしろ」

奈々が「あ！」と、するどい声を上げた。

「それよ、春の七草！」

「ほう、今は学校でわざわざ習うのかい」

美代《みよ》さんが感心したように言うと、雄成《ゆうせい》がゴギョウの葉をまじまじと見た。

「暗記はしたけど、本物を見るのも食べるのも、今日が初めてだ」

ぼくたちは、いそいそとゴギョウ餅《もち》を口に運んだ。香《こう》ばしい黄《き》な粉《こ》の香《かお》りといっしょに、青い草の香りが、すっと鼻に抜《ぬ》けていく。

耕三《こうぞう》さんが、ぽんぽんと腹《はら》つづみを打ちながら、おかしなことを言った。

「ややや、体が喜んどる。やっぱり、旬《しゅん》のものは格別《かくべつ》だなや」

こんな餅《もち》で、本当に体が喜ぶの？　本音を言わせてもらえば、ピザとかアイスクリームのほうが、絶対体《ぜったい》が喜びそうなんだけど。

きょとんとするぼくたちをよそに、あぐり先生は餅をパクリと口に含《ふく》んだ。

「うんうん、春を食べているって感じがする」

茂《しげる》さんは、満足げに言った。

「美代《みよ》よ、来年も作ってくれよ」

「もちろん作るさ。来年まで生きていたらの話だがね」

「だいじょうぶだ。美代なら死ぬまで生きてるわ」

「何言ってんだい。あんたも死ぬまで生きてけろ」

美代さんと茂さんの漫才《まんざい》のようなかけ合いに、どっと笑いが起こる。

ぼくたちも、いつのまにかいっしょになって笑っていた。

一年にこの時期しか食べられない、旬《しゅん》の味。みんなで笑いながら食べる、春の味。

楽しくて、すがすがしくて……！　体が喜ぶって、こんな感じなのかな。

7：空を読む

おなかがいっぱいになったところで、耕三《こうぞう》さんと茂《しげる》さんが、お茶を飲みながら話を始めた。

「さあて、今年の作柄《さくがら》はどうなっぺかな」

「暖冬《だんとう》で春が早かったから、期待できねえんでねえか。昔から『冬が暖《あたた》かいと凶《きょう》作《さく》』って言うべ」

どういうことだろう。ぼくは、不思議に思った。暖かいほうが、作物はよく育つんじゃないのかな。

美代《みよ》さんが、ぼくの心を見すかしたように言った。

「じいちゃんたちの話、さっぱり意味わがんねべ？」

「う、うん……」

「昔から、冬が暖《あたた》かいと次の夏は寒くなることが多かったんだべな。冬の寒さで死ぬはずの害虫が生き残れば、被害《ひがい》が出ることもあったのさ。昔からの経験《けいけん》が、言い伝えられているんだよ」

そこに、茂《しげる》さんが身を乗り出した。

「言い伝えなら、他《ほか》にも、いろいろあるぞ。『稲光《いなびかり》は豊作《ほうさく》の兆《きざ》し』『カッコウのかまびすしく鳴く年は豊年《ほうねん》の兆し』とかな」

とたんに、あぐり先生の目が、キラキラとかがやきだした。

「実はね、農家の言い伝えは奥《おく》が深いのよ。科学的にも確《たし》かなものがあるの。たとえば『稲光は豊作の兆し』。これも科学的に見ると、空気の成分である窒素《ちっそ》と酸素《さんそ》が、雷《かみなり》のエネルギーと雨水によって、肥料《ひりょう》の成分になるのよ」

「へえ〜、なんだかむずかしいけれど、すごい」

ぼくたちが農家の言い伝えに感心すると、茂《しげる》さんが白い歯を見せて言った。

「要するに、農家は五感で空を読むってこった」

「五感？」

耕三《こうぞう》さんが、右手の指を一つずつ折りながら教えてくれた。

「目、鼻、舌《した》、耳、皮膚《ひふ》。この五つの感覚のことだよ」

茂さんは空を指さした。

「空をよっくと見ていれば、天気の変わり目がわかるようになるぞ。たとえば、空に雲がぽっぽっとわき出してきたなあと思っているうちに、低い雲がたれこめてくる。そんな時は、雨がしとしとと降《ふ》りだして、やがて温《あたた》かい南風が吹《ふ》いてくるんだ」

すると、耕三さんが空のほうへ首を伸《の》ばしながら言った。

「今日みたいに、西のほうから灰色《はいいろ》の雲のかたまりが近づいてくる時はな、しばらくすると、ざあっと雨が降って冷たい北風が吹いてくる。今は温かいが、おそらくみんなが家に帰る頃《ころ》には、冷たい空気にがらりと入れかわってっぺよ」

へえ、ただのおじいさん、おばあさんかと思ったら、みんないろいろなことを知っているんだな。ぼくはいつのまにか、茂《しげる》さん、耕三《こうぞう》さん、美代《みよ》さんに一目置いていた。

「さて、仕事を始めよう。今度は、耕三さんちの種もみをまく番だな」

鎌足《かまたり》さんの声で、みんながいっせいに腰《こし》を上げた。ところが、耕三さんが、うろうろしながら何かをさがし始めた。

「ありゃ、おかしいな。うちの種もみがないぞ。鎌足さん、どこさやった」

「どこさもやってないよ。耕三さんこそ、どこさおいた？」

「なんとしたこった。うちから持ってくるのを忘《わす》れちまったのかや」

耕三さんはあわてて軽トラックへと走ったが、すぐに頭をかきながら戻《もど》ってきた。

「あった、あった。軽トラの荷台さおきっぱなしだった」

「まったく、耕三さん、しっかりしてけろよ。段取《だんど》り八分だぞ」

鎌足さんが耕三さんの背中《せなか》をポンとたたく。

「いやあ、まいったな。このごろ、すっかり忘《わす》れっぽくなってだめだ」

気落ちする耕三《こうぞう》さんを、茂《しげる》さんと美代《みよ》さんがなだめる。

「あ〜はっは。気にすんな。おれなんざ、今朝食べた飯《めし》のことまで忘れているぞ」

「ついでに、いやなこともすぐ忘れちまうんだから。忘れっぽいのも悪いもんじゃないよ」

耕三さんたちのやりとりは、まるで漫才《まんざい》だ。奈々《なな》が、「くすくす」と笑い声をもらした。ぼくも雄成《ゆうせい》もがまんできずに、声を出して笑った。たくさん笑ったおかげだろうか。疲《つか》れがどこかに飛んでしまったみたいに、気持ちがすっきりとしていた。


午後の部の種まきが再開《さいかい》して二時間。やっと種まきがおわった。

「雄成ちゃん、よくがんばったなあ」

美代さんがねぎらいの声をかけると、雄成は、はずかしそうに目をふせながら小声で言った。

「そうかな……。ぼく、こらえ性《しょう》がないって、いつもパパやママにしかられているんだよ」

「そんなことねえよ。こらえ性を身につけるには、こつがある。やんだなあ、しんどいなあと思ったら、ちょこっとだけがんばってみるこった。ちょこっとだけな。それで、またしんどくなってきたなあと思ったら、またもうちょこっとだけがんばってみるんだ」

「ちょっとだけ？」

「んだ、ちょこっとずつ、ちょこっとずつをつみ上げればいいんだよ。雄成《ゆうせい》ちゃんにどのくらいこらえ性がつくか、美代《みよ》ばあが、ちゃあんと見ててやっから」

「うん……」

うつむきながら返事をした雄成だが、何か強い力が宿ったように、くちびるを強く結んでいる。ぼくはどきりとした。美代さんたら、また何かの魔法《まほう》を使ったんだろうか。

鎌足《かまたり》さんたちが機械を片《かた》づけている間、ぼくたちも、自分たちの後始末をした。

作業場のわきには、汚《よご》れ物を洗《あら》うための洗濯機《せんたくき》と流し場が、ちゃんと備《そな》え付《つ》けてある。汚れたつなぎをぬいで洗濯機をまわし、長靴《ながぐつ》の泥《どろ》も、ブラシできれいに落とした。脱水《だっすい》のすんだつなぎをハンガーにかけて、作業場の物干《ものほ》しにつるすと、ずらりとならんだ青いつなぎは、まるで変身スーツのように見えた。

「またな〜！」

鎌足さん、茂《しげる》さん、耕三《こうぞう》さん、美代《みよ》さんの声に送られて、ぼくたちは帰路についた。雄成《ゆうせい》は、車の中から何度も後ろを振《ふ》り返った。そして、美代さんの姿《すがた》が見えなくなるまで、ずっと手を振《ふ》っていた。


「みんな、着いたわよ。おきて！」

あぐり先生の声で目が覚めた。車はいつのまにか、塾《じゅく》の前についていた。ぼくたち三人は、帰りの車の中でぐっすりと眠《ねむ》ってしまったらしい。

あぐり先生は車の中から、「また、来週ね」とだけ言って、走り去ってしまった。

ぼくたちも、まだぼんやりとした目をこすりながら、それぞれの家に向かって歩き出した。

まわりはいつもの住宅街《じゅうたくがい》やビルの中だ。行きかう車や人々の雑踏《ざっとう》に囲まれていると、さっきまで土のにおいの中で種まきをしていたことが、まるで夢《ゆめ》のようにさえ思えてくる。

ふと、風の冷たさにおどろいて、首をちぢめた。そういえば、空は晴れているのに、いっとき雨が降《ふ》ったのか、足元の道路はしっとりとぬれている。

頭の中に、耕三《こうぞう》さんの声がぱっとよみがえった。

――みんなが家につく頃《ころ》には、雨が降って、冷たい空気に入れかわるだろうよ。

耕三さんの言った通りだ！　そう気づいたとたん、はっきりと目が覚めた。

耕三さんや茂《しげる》さんは、今も空を読んでいるのだろうか。雲の流れを見て、風や雨の音を聞き、空気のにおいをかいでいるのだろうか。ぼくも、もっと空や雲や風のことを知りたい。

すっと鼻から空気を吸《す》い込《こ》んだ。雨のにおいがする。空を見た。流れる雲の形を目に焼きつけた。そして、冷たい風を体いっぱいに感じながら、マンションへとかけ出した。

8：苗《なえ》はかわいいのだ

クラブ第二回目の日。ぼくたち三人は、塾《じゅく》の前に集まった。

空色のワゴン車に乗り、活動場所へと移動《いどう》し、クラブ服のつなぎに着がえた。

あぐり先生につれられ、向かった先は、大きなビニールハウスだ。

「ここに、先週種をまいた苗箱が並《なら》べてあるのよ」

ビニールハウスの中に足をふみ入れたとたん、もわっとあたたかい空気に包まれた。

奥行《おくゆ》きのあるビニールハウスの中には、一面に苗箱が広がっている。

「あ、芽だ！」

種もみをまいてから一週間。なんと、茶色い土の上に、緑色の芽がぽつぽつと出ているではないか。

苗箱《なえばこ》の上にかがんだ奈々《なな》が、ぽそりとつぶやいた。

「かわいい……」

「げっ」

毒舌《どくぜつ》の奈々の口から、「かわいい」という言葉が出てきたのにはおどろいた。クラスの女子たちは、何でもすぐに「かわいい」でくくろうとする。やっぱり奈々も、同類だったのか。残念なような、ほっとしたような、みょうな気持ちだ。

すると、デジカメで苗の写真をとっていた雄成《ゆうせい》まで、ぼそっとつぶやいた。

「ほんとうだ、かわいい……」

え？　雄成まで？

あきれかえるぼくを、奈々が軽くにらんだ。

「ほら、種もみから出ていた白い芽。あの小さな芽が、ここまで伸《の》びてきたんだよ」

奈々が指で示《しめ》した先には、丸まった芽の先に、土をのせたままの芽がある。重い土

ASC

を押《お》し上げて、がんばって伸《の》びようとしているんだな。たしかに、かわいいかも……。

ほっこりしかけたぼくの耳に、奈々《なな》の悲鳴がつきささった。

「きゃ〜！」

「奈々？」

「どうした？」

「これ〜、これ〜！」

奈々が、ビニールハウスの入り口にある苗箱《なえばこ》を指さして、ふるえている。

奈々の指の先を見て、ぼくも雄成《ゆうせい》も体がかたまった。苗箱の上に、茶色くてぬめぬめとしたかたまりがのっている。

「何事だい？」

奈々の悲鳴におどろいて、鎌足《かまたり》さんがビニールハウスの中に飛び込《こ》んできた。

ぼくたちは、三人そろって茶色いかたまりを指さした。

「これ〜、これ〜！」

「なあんだ。ウシガエルだよ。鼓膜《こまく》が眼《め》よりも大きいところを見ると、どうやら、オスのようだな。ビニールハウスの中は暖《あたた》かいから、夜の間にもぐりこんできて、のんびりしていたんだろう」

鎌足《かまたり》さんはそう言うと、両手でウシガエルをそっくりと持ち上げた。

「うわあー！」

ぼくたち三人は、声をそろえて叫《さけ》んだ。カエルの茶色の体には、緑色の斑点《はんてん》がついている。口は人の手さえも飲み込《こ》みそうに大きくさけ、きょろりとした目はぞっとするほど冷たい。いくら軍手をしているからって、あんな気持ちの悪いものを触《さわ》るなんて！

鎌足さんは、目を丸くするぼくたちに向かって、にやりとした。

「こわいかい？　まあ、おせじにもかわいい姿《すがた》とは言えないしな。実はウシガエルは、食用ガエルともいってな、食えるんだぞ」

ぼくたちはふるえあがった。

「こ、これが食べ物〜？」

奈々《なな》は半分涙目《なみだめ》だ。ぼくは、おそるおそるたずねた。

「鎌足《かまたり》さん、まさか、食べたことあるの？」

「ああ、食ったよ。皮をむいて、くしに刺《さ》して火であぶると、鳥のささ身みたいな味がしたな。どうだい、食ってみるか？」

「うわあー！」

ぼくたちは、また同時に悲鳴をあげた。無理、絶対《ぜったい》無理！　カエルが食べ物だなんて、とてもうけいれられない。後ずさりしたひょうしに、あぐり先生にぶつかった。

あぐり先生は、うすい笑いを浮《う》かべている。

想像《そうぞう》したくもなかったけれど、聞いてみた。

「鎌足さんが食べたってことは、まさかあぐり先生も？」

「いいや、ない、ない！」

あぐり先生は、ぶんぶんと首を横に振《ふ》った。

「ははは、食い物がとぼしかった時代の話だよ。今は、ウシガエルよりうまいものがいっぱいあるからな。おまえ、命びろいしたな」

鎌足《かまたり》さんは、にやにやしながらそう言うと、ウシガエルをビニールハウスの外に、ぽんと出してやった。ウシガエルの姿《すがた》なんて、もう見たくない。でも、行き先を確《たし》かめないことには落ち着かない。そうっと顔だけビニールハウスの外に出すと、奈々《なな》と雄成《ゆうせい》が、ぼくの背中《せなか》に張《は》りつくようにして外をのぞいた。

ウシガエルは、体を動かすのもおっくうな様子で、草のしげみの中をペタリペタリとはねていく。

どうか、ウシガエルを食べなければいけない時代が来ませんように！

ぼくは、心の中で手を合わせながら、ウシガエルを見送った。

あぐり先生は、仕切り直しでもするように、ぱんぱんと手を打った。

「さあ、今日は、苗《なえ》の水かけを体験してもらうね」

ビニールハウスの中に、鎌足さんが、長いホースを持って入ってきた。ホースには、じょうろの先のようなノズルがついている。ホースについているコックをひねると、やわらかい雨のような水が、やさしく苗《なえ》をぬらした。

「しっかりホースをにぎるんだぞ」

鎌足《かまたり》さんの大きくごつごつした手が、ぼくの手をがっしりとつかむ。

「いいかい。奥《おく》のほうから手前まで、ゆっくりとていねいにかけていくんだ」

鎌足さんが、水かけの仕方を、手取り足取り教えてくれる。たかが水かけなのに、まるで、おゆうぎを教えられる幼稚園児《ようちえんじ》みたいではずかしい。

「どうだい、覚えたかい?」

「はい!」

大きく返事をした。水をかけるだけだもの、簡単《かんたん》さ。

「よし。ここの苗は学《まなぶ》君にまかせてみるか。ほかのふたりは、別のビニールハウスに移動《いどう》して、水かけをやってみよう」

鎌足さんとあぐり先生は、雄成《ゆうせい》と奈々《なな》を連れて、ビニールハウスを出ていった。鎌足さんに教わったように、ゆっくり、ていねいに水をかけていく。聞こえるのは、細かい水の粒《つぶ》が苗《なえ》にあたる時にたてる、サーサーという音だけだ。

しばらくすると、とつぜんビニールハウスの中が広く感じられてきた。これまで水をかけたところを確《たし》かめてみると、まだ、全体の四分の一しかおわっていないではないか。この調子じゃ、まだまだ先は長い。

ハウスの中は蒸《む》し暑《あつ》く、太陽の光で、頭のてっぺんがじりじりと焼けるように熱い。顔に汗《あせ》が浮《う》き出し、のどもからからに乾《かわ》いてきた。ペットボトルの水を持ってくればよかった……。頭の中は、早く水かけから解放《かいほう》されたいという気持ちでいっぱいだ。

ぼくは、スピードを上げて水をまいていった。

「よし、とりあえず水はかけたぞ」

全部の苗箱に水をかけおわり、コックを閉《と》じた時、あぐり先生がひょいっとビニールハウスの中に入ってきた。

「学《まなぶ》君、調子はどう？」

「あ、今、おわったところです」

あわてて答えた。

あぐり先生はハウスの中をぐるりと見回すと、何か言いたげに、「う～ん」と小さくうなった。

まずい。いそいで水かけをしたのがばれたかも。ちゃんとやりなさいってしかられたらどうしよう。どきどきしながら、あぐり先生の口が開くのを待つ。

あぐり先生は、まぶしそうにハウスの天井《てんじょう》を見上げ、自分の帽子《ぼうし》の上に両手をのせた。

「今日は日差しがきついね。頭が焼けそう。これじゃあ、しんどかったでしょう。そうだ、学《まなぶ》君、ちょっとホースをかして」

しかられなくてよかった。内心ほっとしながらうなずいた。

「は、はい」

ホースを手わたすと、あぐり先生は、いたずらっぽい笑《え》みを浮《う》かべながら、きゅっとコックを開いた。

「うわ～！　つめて～！」

いきなり、頭の上にさーっと水が落ちてきた。あぐり先生が、ぼくにむかって水をかけたのだ。ひどい！　先生のくせに、こんないたずらをするなんて。

でも、つぎの瞬間《しゅんかん》、体全体がすかっとしていた。あれ、変だな。気持ちがいいぞ。

「ちょっとはすずしくなったでしょう？　気化熱《きかねつ》といって、ぬれた体が乾《かわ》く時に、体の表面の熱もうばっていってくれるのよ」

あぐり先生はそう言うと、ぼくにホースをわたした。

「学《まなぶ》君たら、のどもからからって顔をしてるわ。ほら、水も飲んで」

ぼくはとまどった。いつも飲んでいるのは、ペットボトルのミネラルウォーターや水道水だ。

「あの、苗《なえ》にかける水なんか飲んで、だいじょうぶなんですか？」

「だいじょうぶよ！　人が飲んでいるのと同じ水道水なんだから」

苦笑いするあぐり先生に背中《せなか》を押《お》され、コックを開いた。ふきだす水を口にふくんだとたん、乾《かわ》ききっていたのどがうるおっていく。

あぐり先生は、うまそうに水を飲むぼくをにこにこしながらながめていたが、すみっこの苗箱《なえばこ》をついっと指さした。

「学《まなぶ》君、苗ものどが乾いているって」

「へ？」

目をこらすと、土がかわいたままの苗箱がならんでいるではないか。かけたつもりで、ちゃんと水がかかっていなかったんだ。

「ここでは、苗も人も同じだからね」

あぐり先生はそれだけ言うと、足ばやにビニールハウスを出ていった。

苗も人も同じ？　あぐり先生の言葉が、胸《むね》の中にぽつんと残った。そうだよな。苗だって、暑かったらいやだし、水が足りなかったらのども乾く。

ぼくは、ホースをにぎりなおすと、もういちど、すみずみまでていねいに水をかけていった。サーサーという水の音が、耳に気持ちいい。苗箱《なえばこ》の乾《かわ》いた土が、水をすいこんでいく。のどがからからだったときのぼくと同じように、苗たちもごくごくと水を飲んでいるにちがいない。すべての苗に水をかけおわると、ビニールハウスの空気がひんやりとして、みずみずしいものに変わっていた。

「学《まなぶ》、まだやっているの？　あたしはおわったよ」

奈々《なな》が、ビニールハウスの中に入ってきたと思うと、ぼくを見るなり、ぷっとふき出した。

「学、先生に、水をかけられたでしょ」

そう言う奈々の帽子《ぼうし》とつなぎにも、うっすらと水のしみがついている。

「もしかして、奈々も？」

「うん、やられた！　びっくりしたけれど、すっとして気持ちよかった」

「先生、なんだか難《むずか》しいことを言ってたぞ。何とか熱」

「気化熱《きかねつ》よ」

奈々《なな》は、にやりと口のはじを持ち上げた。

「きっと今ごろ、雄成《ゆうせい》も気化熱《きかねつ》の体験をしているよ」

水をあびて、目をまん丸にしている雄成の顔が頭に浮《う》かぶ。あいつ、ちゃんと苗《なえ》に水かけできたかな。

「奈々、雄成のところに行ってみようぜ」

「うん！」

ぼくと奈々は、雄成のいるビニールハウスに走って行った。雄成はちょうど、水かけをおわるところだった。帽子《ぼうし》とつなぎに、しっかりと、水のしみあとが残っているのがおかしい。

雄成はコックを閉じると、ふうっと大きく息をはいた。

あぐり先生は、ビニールハウスの中にある苗のすみずみまで目を配ると、ぼくたちにあたたかいまなざしをむけた。

「みんな、ありがとう。苗が喜んでいるわよ」

その瞬間《しゅんかん》、心がぶるっとふるえた。こんなにまっすぐ、大人の人から「ありがとう」って言われたのは、初めてかも。

雄成《ゆうせい》も奈々《なな》も、ほおをほんのりとそめている。奈々は、てれくささをごまかすためか、視線《しせん》を下に落としながら口をとがらせた。

「苗《なえ》が喜んでいるなんて、先生ったら、ファンタジー入りすぎ！」

あぐり先生は、花が咲《さ》いたようにふわりとほほえんだ。

「うふふ。確《たし》かにファンタジーかもね。でも、農家は自分の子どもを育てるように、苗を育てるの。だから、ここでは、苗も人も同じなのよ」

ここでは、苗も人も同じ……。

ぼくは、ビニールハウスの中にみちている、土と苗と水がまじりあった水色のにおいを、胸《むね》いっぱいに吸《す》い込《こ》んだ。

9：どろんこ田植え

五月の中旬《ちゅうじゅん》、いよいよ田植えの時がやってきた。

田植えには、家から持ってきたTシャツと体操着《たいそうぎ》の短パンでのぞむことになった。

朝から曇《くも》り空のせいか、空気はひんやりとしていて、すねのあたりがスウスウした。

ぼくは奈々《なな》からかくれるようにして、雄成《ゆうせい》にささやいた。

「持ってきた？」

「うん……」

ぼくと雄成が、持ってきたかどうか確《たし》かめていたのは、下着のトランクスだ。なぜか、あぐり先生から、必ず持ってくるように言われていた。

田んぼの畔《あぜ》には、苗《なえ》が青々と茂《しげ》った苗箱が、ずらりと並《なら》んでいた。

「ずいぶん伸《の》びたなあ」

苗は十センチ以上になっているだろうか。手のひらでなでると、芝生《しばふ》のようにふかふかした感触《かんしょく》がする。

あぐり先生は、ぼくたちの目の前で、苗を両手でつかみ、そのままひょいと持ち上げた。

「うそ～」

ぼくたちは、ぎょうてんした。

苗が玄関《げんかん》マットのような一枚《いちまい》のかたまりになって、すぽりと苗箱からはずれたではないか。

あぐり先生は、苗のかたまりを苗箱にもどしながら、顔をほころばせた。

「今年は根の張《は》り具合がとてもいいようね。みんなのおかげかな」

苗のかたまりをよく見てみると、土の中には白い根がびっしりと張《は》っている。

なるほど、苗《なえ》を持ち上げても、ばらばらにならないわけだ。すごいなあ……、あんなに小さなもみ粒《つぶ》だったのに。ぼくは、苗の力強さをしみじみと感じた。

あぐり先生は、シート状《じょう》になった苗を畔《あぜ》におろし、手のひらサイズのかたまりにちぎって、ぼくたちにわたした。

「さあ、手植えにチャレンジよ」

生まれて初めての田植え体験に、わくわくしてくる。

ところが、あぐり先生が長靴《ながぐつ》を脱《ぬ》ぎだしたのでぎくりとした。

「みんなも長靴と靴下をぬいで、はだしになって田んぼに入ってください」

「うそ〜、はだしで？　こ、こわい」

雄成《ゆうせい》がなさけない声を出した。

「ぼくは、長靴のままでいいです！　鎌足《かまたり》さんだって、長靴のまま田んぼに入っているし」

「雄成君、あれは、田植え用に作られた長靴なのよ。口の部分が靴下のようにゴムでできていて、ゴムがぎゅっと締《し》まって長靴《ながぐつ》が脱《ぬ》げないようになっているの。みんなのはいている長靴は、口が広いから無理ね」

「え〜、ぼく、ぜったいこの長靴ぬがない」

雄成《ゆうせい》の言う通りだ。泥《どろ》の中にむきだしのはだしで入るなんて、ぼくもこわい。

「もう、男子たちったら意気地《いくじ》がないんだから。あたしは平気よ！」

奈々《なな》は、さっさと長靴と靴下をぬいではだしになった。ぼくもしかたなく、はだしになって畔《あぜ》に立った。足の裏《うら》に草がチクチクとささるように痛《いた》くて、心細くなる。

奈々は、これ見よがしに、平気な顔をして田んぼに入っていく。一方の雄成は、どうしても長靴のまま田んぼに入るつもりらしい。

ぼくは、初めて入る田んぼの中に、おそるおそる足をふみ入れた。

「あれ？」

田んぼの水は、意外なほど温《あたた》かい。ところが、泥の中に足が入っていくにつれ、なまぬるかった泥がひんやりとしてくる。

「わわわわ！」

何なんだ、この感触《かんしょく》！

足の指の間から泥《どろ》のかたまりがにゅるっと飛び出していく。そのままにゅるにゅるの泥の中を足がしずんでいき、やがて足の裏《うら》が固い土にふれた。

次の一歩をふみ出そうとするが、足首を泥にとらえられて動かすことができない。

「みんな、よくみてまねをするんだぞ」

鎌足《かまたり》さんは、お手本を見せてくれた。

「姿勢《しせい》は、ひざを曲げて腰《こし》を落とすのが基本《きほん》だよ。足はつまさきから入れて、またつまさきを立てるようにしてぬいていくといい。そして、植えながら後ろ向きに進む。自分たちが植えた苗《なえ》の様子がよくわかるようにな」

鎌足さんは、すっすとテンポよく苗を植えていく。

「なるほど、そうすればいいのか」

ところが、すぐに鎌足さんのように動けると思ったのは大まちがいだった。頭でわかったつもりでも、体のバランスがうまく取れずに、上半身が大きくゆれる。

「うわあ、たすけて！」

大声のするほうに向くと、雄成《ゆうせい》が長靴《ながぐつ》の口の部分を両手で引《ひ》っ張《ぱ》って、なんとか動こうともがいている。

「どうしたらいいの？　びくともしない！」

あぐり先生が、困《こま》ったような笑いを浮《う》かべた。

「だから言ったでしょう？　泥《どろ》につかまっちゃったのよ。雄成君、長靴はあきらめなさい」

雄成は、なんとか長靴をはいたまま動こうとしていたが、ついにかんねんしたのか、靴下をぬいで、田んぼにはだしの足をふみ入れた。ぼくは、笑いをこらえきれない。

田んぼの中には、雄成の長靴が二足、ぽつんと置き去りになっている。

「あははは、雄成、それじゃ、田植えじゃなくて長靴植えだよ」

笑ったひょうしに、ぼくはバランスをくずして、田んぼの中に右手をついてしまった。そのまま右腕《みぎうで》が、ずぶずぶと泥《どろ》に吸《す》い込《こ》まれていく。

「うわあ、たすけて！」

「もう、人をばかにするからだよ」

雄成《ゆうせい》が手を伸《の》ばして、ぼくの腕を引《ひ》っ張《ぱ》り上げようとした。

「うわ～！」

今度は雄成までバランスをくずして、田んぼにしりもちをついた。ばしゃっと泥のしぶきが飛びちり、じわっとおしりがぬれてくる。最悪だ～。小学五年にもなって、おもらしをしたような気分になるなんて！

おそるおそる目を開けると、ぼくも雄成も、全身泥まみれになっていた。そばには、恐《おそ》ろしいものでも見るように、口をあんぐりと開けた奈々《なな》が、つっ立っている。

「ぷ！」

奈々の表情《ひょうじょう》があんまりおかしくて、ぼくはふきだした。

「あははは！」

雄成《ゆうせい》も笑いだした。もうこうなったらやけくそだ。笑っちゃえ！

「あははは！」

ぼくと雄成が笑っているのにつられて、奈々《なな》も肩《かた》をゆらして笑いだした。つんつんしているよりも、笑っている奈々のほうが、ずっとかわいい。

「これだけ泥《どろ》んこになれば、もう、こわいものなしだろう」

鎌足《かまたり》さんがぼくたちの腕《うで》をつかんで、「よいしょ」という声とともに、ひき上げてくれた。

いよいよ、田植えの本番だ。

「こうして、苗《なえ》は三本ずつとってひとまとめにして、目印の線にそって植えていけばいい」

植える時の目印として、田んぼの泥の上には、線をひいたようなくぼみがあった。

鎌足さんが教えてくれたように、鉛筆《えんぴつ》を持つようなイメージで苗を持ち、田んぼに差《さ》し込《こ》んでいく。すると、ふかふかの泥が苗をしっかりつかまえていることが、指先に伝わってくる。

目印の線にそっていっしょうけんめいに植えていくと、いつのまにか、手に持っていた苗《なえ》のかたまりは小さくなっていく。ぼくたちは、田んぼの中で、顔を見合わせながら立ちつくした。

「学《まなぶ》、もうすぐ苗がなくなるよ。どうすればいい？」

「もう一度畔《あぜ》までもどって、取ってくるか」

「もう一度引き返すなんて、そんなの無理よ」

すると、あぐり先生の大声が聞こえた。

「苗を投げるよ！　しっかり受け取って〜」

畔に立つあぐり先生が、苗のかたまりをぽ〜んぽ〜んと投げてよこす。ぼくも奈々《なな》も、あわてて苗をつかんだ。

「ナイスキャッチ！」

あぐり先生がV《ブイ》サインを出した。

ところが、雄成《ゆうせい》が取りそこねた苗《なえ》が、びしゃりと音を立てて田んぼに落ちた。泥《どろ》のしぶきが顔にとんでくる。

「雄成のへたくそ！」

「ごめ～ん」

雄成が肩《かた》をすくめた。普段《ふだん》ならけんかになるところだけれど、ぼくも雄成もすでに泥だらけだ。鎌足《かまたり》さんの言うとおり、こわいものなしって気分だった。

あぐり先生が投げてよこす苗のかたまりを受け取りながら、線にそって苗を植えていく。しだいにコツをつかんできたとはいえ、泥の中を歩くのは足が重く感じられてとてもしんどい。しかも中腰《ちゅうごし》の姿勢《しせい》が続くから、腰がみりみりと痛《いた》んでくる。時々、腰を伸《の》ばして休みをとる。そして、美代《みよ》さんの言葉を思い出す。

しんどくなった時は、少しずつ、少しずつのがんばりをつみ上げるんだ。

顔を上げると、今まで植えた苗が風にそよいでいる。

不思議だ。家や学校にいるときとちがって、ここでは時間がゆっくりと流れていく。

いよいよ、田植えも残りわずかになった。最後に残ったスペースに、ぼく、奈々《なな》、雄成《ゆうせい》の三人でいっしょに苗《なえ》を植えてフィニッシュだ。

「はあ、やっとおわった！」

気が抜《ぬ》けると同時に、おなかがぐ～っと音を立てた。鎌足《かまたり》さんは、ぼくと雄成の姿《すがた》を見て、あきれたように言った。

「これじゃあ、ひと風呂《ふろ》あびないうちは、昼飯《ひるめし》にできないな」

ぼくと雄成は、鎌足さんの家の土間で、泥《どろ》だらけになった服をぬいだ。バケツのお湯でさっと手足を洗《あら》うと、トランクス一枚《いちまい》の体に、おおいそぎでタオルをまきつけ、風呂場へ向かった。

鎌足さんの家の風呂場は、タイル張《ば》りでがらんと広くて、ミニ銭湯《せんとう》みたいだ。風呂場に足を入れたとたん、腰《こし》にまきつけていたタオルが落ちそうになった。

「うわっ」

あわててタオルをおさえたら、雄成と目があった。ぼくたちは、同じことを感じていた。

「すげえ、声がひびく〜!」

ぼくと雄成《ゆうせい》は、おもしろがって声を出した。

「あ〜あ〜あ〜!」

「お〜!」

気分はオペラ歌手だ。マンションのせまいユニットバスじゃこうはいかない。

「ちょっと、男子たち、何やってんの! 早く上がりなよ」

外から奈々《なな》の声がする。ぼくは、あわてて叫《さけ》んだ。

「奈々、のぞくなよ!」

「のぞくわけないじゃん! ばっかみたい!」

奈々がむきになってどなるので、ぼくと雄成は笑いをかみつぶした。

湯船には、たっぷりのお湯が張《は》ってあった。体をきれいに洗《あら》い、着がえをして座敷《ざしき》に行くと、大きな皿におにぎりがいっぱい並《なら》んでいた。

「風呂《ふろ》はどうだったい？」

「広くてめちゃ気持ちよかったです！」

ぼくが答えると、鎌足《かまたり》さんはなつかしそうに目を細めた。

「あの風呂だがな、昔は、芽を出させるために、人が入った後の残り湯に、種もみをつけて置いたこともあったんだぞ」

「それって、種もみと人間が同じお風呂に入っていたってこと？」

「そうよ。『いい湯かげんですか～』って聞くと、『は～い』って、種もみの返事が聞こえたものよ」

あぐり先生が、いたずらっぽい目をして言う。

「え～、うそだ～」

口ではそう言いながら、まったくのうそとも思えなかった。

人と種もみのあったかいやりとりが、まるで現実《げんじつ》にあったことのように、頭に浮《う》かんでいたからだ。

10：一粒《つぶ》の米

あぐり先生は、おにぎりがのった大皿を、ぼくたちのほうにぐっと押《お》してよこした。

「今日は茂《しげる》さんも耕三《こうぞう》さんも、田植えに出ていて忙《いそが》しいの。美代《みよ》さんが、みんなのためにって、どっさり作って置いていってくれたのよ。中身は食べてからのお楽しみですって。さあ、おなかいっぱい食べてね」

「はい！　いただきま～す！」

おにぎりへと、いっせいに手が伸《の》びる。

「ぼくのは塩コブが入っている。雄成《ゆうせい》のは？」

「ぼくのはツナマヨ！」

「あたしのはすじこ！」

夢中《むちゅう》で食べていたら、視線《しせん》を感じてどきりとした。奈々《なな》がじっとぼくを見つめているではないか。ドキドキしてきた時、

「学《まなぶ》、こ・め・つ・ぶ」

奈々が、自分の口元をとんとんと指さした。

あわてて口元をさわると、米粒《こめつぶ》がついていた。小さな子どもみたいではずかしい！

指でつまんで食べようとした時、あぐり先生が言った。

「ねえみんな、今日植えた一株《かぶ》分の苗《なえ》から、何粒《なんつぶ》の米がとれるか、想像《そうぞう》できる？」

「へ？」

ぼくも雄成《ゆうせい》も奈々も、きょとんとした。お米のもみを土にまいて、そこから芽が出て、苗に育った。今日ぼくたちは、その苗を田んぼに植えた。重そうに頭《こうべ》をたれた秋の稲穂《いなほ》を思い浮《う》かべながら、あてずっぽうに言ってみる。

「百粒かな」

「学《まなぶ》、それじゃいくらなんでも少ないよ。ぼくは三百粒《つぶ》だと思う」

「ううん、あたしはもっと多いと思う。千粒はとれてほしい」

あぐり先生は、鉛筆《えんぴつ》をとると、メモ用紙に数字をかきつけた。

「奈々《なな》さん、いい線いっているね。その年の気候にもよるけれど、一株《かぶ》の稲《いね》からは、だいたい千四百粒のお米がとれると言われているの」

答えが一番近かった奈々は、「ほらね!」と、得意げな顔をした。

あぐり先生は、さらに数字を書き足した。

「お茶わん一杯分《いっぱいぶん》の米粒《こめつぶ》はだいたい二千五百粒ぐらい。だから、二株植えて、ちょうどお茶わん一杯分なのよ。みんなが一日二回ご飯を食べるとしたら、一年に何杯《なんばい》?」

「え〜と……」

口ごもるぼくと雄成《ゆうせい》をチラッとだけ見て、奈々がぱっと手を上げた。

「三百六十五×二で、七百三十杯」

「それには、何株植える?」

「二株《かぶ》でお茶わん一杯《いっぱい》だから……、千四百六十株！」

「計算、はや！」

雄成《ゆうせい》が目を丸くすると奈々《なな》は、ふんと鼻から息をはいた。

「スーパーの買い物で、常《つね》に計算力をきたえているもんね！」

さすが奈々だと感心したが、数字の大きさにはっとした。

「千四百六十株？　あぐり先生、きょうぼくたちは、いったい何株《なんかぶ》ぐらい植えたんですか」

「そうね。ひとり五百株ぐらいかな」

「そんな……！」

あんなに大変な思いをして植えたのに、ぼくひとりの、一年分のご飯にもならないなんて！

指の先にくっついた米粒《こめつぶ》をじっと見ていたら、鎌足《かまたり》さんにせかされた。

「さあ、ごく休み、ごく休み！」

「ごく休み?」

「ああ、ご飯のあとに、しっかりと体を休ませることさ」

鎌足《かまたり》さんは、座布団《ざぶとん》を丸めて枕《まくら》にすると、ごろりと横になった。ぼくも、米粒《こめつぶ》を口に含《ふく》むと、座敷《ざしき》に横になった。とたんに、午前中の疲《つか》れがどっと押《お》し寄せてくる。

足の裏《うら》や手には、まだ泥《どろ》の感触《かんしょく》が残っていて、体全体がだるい。うとうとしているうちに、ぐっすりと眠《ねむ》ってしまった。

11：神様からのおくりもの

「学《まなぶ》、雄成《ゆうせい》、起きて！」

奈々《なな》に肩《かた》をゆさぶられ、目が覚めた。あわてて、手の甲《こう》でよだれのあとをぬぐった。

「あぐり先生と鎌足《かまたり》さんは、先に田んぼに行ったよ。今度は田植え機で植えるんだって。家で休んでいてもいいいって言われたけど、行くよね」

奈々は、最後の「行くよね」に力を込《こ》めた。

今度は機械で植えるのか。テレビでは見たことはあるけれど、間近で見るのは初めてだ。

「行く」

ぼくが言うと、雄成《ゆうせい》もあくびをしながら言った。

「じゃ、ぼくも」

ぼくたちが午前中に手植えをした田んぼの周りには、まだ田植えのおわっていない田んぼが広がっている。オレンジ色の田植え機に乗っている、鎌足《かまたり》さんが見えた。チャッツチャッツチャッツと機械のリズミカルな音が聞こえる。

「すげ〜、人の手の六人分だ。しかも、めちゃ速い！」

雄成が、田植え機を指さした。

田植え機の後部には、手のような形の部品が六個《こ》ついていて、苗《なえ》を上手につかんで猛《もう》スピードで植えていく。

「この世に田植え機あって、まじよかった……」

雄成のつぶやきに、ぼくも奈々《なな》も、深くうなずいた。この広い田んぼを、全部人の手で植えるなんて、とても考えられない。手植えがいかに大変かは、午前中だけでも十分に体験ずみだ。

あぐり先生はぼくたちが来たことに気がついて、「あら」という形に口をひらいた。けれども、手を止めようとはしない。軽トラックから苗箱《なえばこ》を下ろしたり、田植え機につむ白い容器《ようき》に苗を移《うつ》しかえたりと、とても忙《いそが》しそうだ。奈々《なな》が、あぐり先生にかけよった。

「先生、あたしたちも手伝います！」

「は？」

ぼくは思わず目をむいた。「あたしたち」ってことは、ぼくと雄成《ゆうせい》も手伝うってこと？

あぐり先生は、泥《どろ》のついたゴム手袋《てぶくろ》で、ひたいの汗《あせ》をぬぐいながら言った。

「みんな、休んでいてくれてもよかったのに……。でも、ありがとう。苗箱を洗ってもらえたら助かるわ。頼《たの》んでもいい？」

ぼくは、あぐり先生の「ありがとう」に弱い。心がふるえてしまう。

畔《あぜ》には、からになった苗箱が、てんてんとちらばっている。あぐり先生と鎌足《かまたり》さんのふたりだけで、田植えをしながら片《かた》づけまでするなんて、きっと大変にちがいない。

それに、箱を集めて洗《あら》うだけなら、ぼくたちでもできるかも。ぼくたちは声をそろえて返事をした。

「はい!」

奈々《なな》が畔《あぜ》にちらばった苗箱《なえばこ》を集めてくる。ぼくは、用水路にしゃがみこんで、箱を一枚《いちまい》ずつブラシで洗っていく。雄成《ゆうせい》が、洗いおわった箱をきれいに重ねていく。

実際《じっさい》にやってみると、箱洗いも、簡単《かんたん》そうに見えて甘《あま》くはなかった。かがんだ姿勢《しせい》を続けているせいで、たちまち体はしんどくなる。

あ〜あ、やっぱり手伝うなんて言わなきゃよかった。手植えの疲《つか》れも残っているんだもの、あのまま休んでいればよかった。

ぼくは、腹《はら》の中で不平をたれたが、雄成はあからさまにため息をつくので、奈々にぎっとにらまれている。

仕事にあきてうんざりしかけた時、軽トラックが二台、こちらにむかって農道を走ってくるのが見えた。

「あぐりちゃんや、手伝いさ来たよ～」

そう言って、軽トラックからおりてきたのは、美代《みよ》さんだ。耕三《こうぞう》さんと茂《しげる》さんもいる。

「じ、地獄《じごく》に仏《ほとけ》だあ……」

雄成《ゆうせい》のつぶやきは、おおげさではなかった。太陽を背《せ》にして立つ美代さんたちが、まるで後光《ごこう》を背負っている仏様に見える。ぼくたちは、水を得た魚《うお》のように、生気をとりもどしていった。

茂さんがぼくたちを見て、おどけた調子で言った。

「おおっ、たのもしい応援隊《おうえんたい》がそろっているな。さあて、わしらの出番はあるかな？」

もちろんあります！　ぼくたちは首をたてに振《ふ》った。

あぐり先生の顔もぱあっと明るくなった。

「茂さんたちだって、忙《いそが》しいのに……、手伝ってもらってもいいの？」

「いいに決まっているさ。おれらは、あぐり☆サイエンスクラブの応援隊《おうえんたい》だぞ」

「田植えは今でも大変な仕事だもの、人の手はあればあるほどいい」

「ほだよ。にぎやかなほうが、田の神様もよろこぶべ」

茂《しげる》さんと耕三《こうぞう》さんは、さっそく苗運《なえはこ》びを手伝い始めた。美代《みよ》さんが腕《うで》まくりしながら、ぼくたちのそばで苗箱を洗《あら》いだした。

「どうだい、あんたらの田植え体験はうまくいったのかい？」

「あたしはばっちり！　雄成《ゆうせい》と学《まなぶ》ったら、田んぼにしりもちをついて泥《どろ》んこになっちやったけどね」

奈々《なな》に言われっぱなしではいられない。ぼくと雄成は、胸《むね》を張《は》った。

「初めてにしては、すごいじょうずにできたよ、なあ、雄成」

「うん、きれいにそろえて植えられたよ」

すると美代さんは、笑いを含《ふく》んだ声で言った。

「そりゃあ、あぐりちゃんたちが、きっちり段取《だんど》りをつけていたおかげだべ」

「段取《だんど》り？」

「ああ、段取りってのは、仕事をうまくすすめるための準備《じゅんび》のことだよ」

そういえばこれまでも、「段取り」という言葉を何度か耳にしていた。

美代《みよ》さんは、苗箱《なえばこ》を洗《あら》う手は休めずに、話を続けた。

「作物を育てるにはな、『時《とき》』が大事なんだ。種や苗も、まき時、植え時といって、タイミングを失うと、その先ちゃんと育ってくれないんだ。時を逃《のが》さないように仕事をすすめるには、段取りをきっちりしておく必要があるんだよ」

美代さんは、あぐり先生のほうをちらりと見た。

「あぐりちゃんと鎌足《かまたり》さんは、何も知らないあんたらに、どうやって種まきや田植えを教えるべかと、一生けんめいに段取りしてたんだよ。昨日も夕方遅《おそ》くまで、ふたりしてわざわざ田んぼに、目印の線を引いていたっけもの」

「あ……」

ぼくたちは何も知らなかった。田んぼの泥《どろ》の上に目印として引かれていた線は、ぼくたちのために、前日から時間をかけて準備《じゅんび》されたものだったんだ。

「見えないところが大事なんだよ。段取《だんど》り八分《ぶ》さ」

「段取り八分？」

「事前の準備をしっかりしておけば、その仕事は八割《わり》がた出来たのも同じってことだよ。あんたらも胸《むね》にしまっとくといい」

美代《みよ》さんは、そう言って、ぼくたちの胸を指先でとんとんとたたいた。

不思議なことに、「段取り八分」という言葉が、ぼくの胸の中にちゃんとしまわれたような気がした。

「この苗箱《なえばこ》だって、今きれいに洗《あら》っとけば来年の仕事がぐんとはかどる。段取りはもう始まっているんだからな。さあ、きれいに洗ってやっぺ！」

美代さんはブラシをかまえると、苗箱をごしごしと洗いだした。

「よ〜し！」

ぼくたちも、再《ふたた》びスイッチが入ったように、動き出す。

耕三《こうぞう》さん、茂《しげる》さん、美代《みよ》さんのパワーが加わると、百人力《ひやくにんりき》、いいや、万人力だ！

田植えも苗箱洗《なえばこあら》いも、スピードがぐんと上がっていく。数百枚《まい》の苗箱も、あっという間に洗いおえた。

「ほ〜れ、見てみ。気持ちの良いもんだな」

美代さんが指さすほうを見ると、本当に気持ちがスカッとした。田んぼの畔《あぜ》には、きれいに洗いあげられた苗箱が、整然と並《なら》んでいた。


田植えが無事おわり、美代さんたちは、また軽トラックに乗って帰っていった。

あぐり先生は、ぼくたちに声をかけた。

「みんなで手植えをした田んぼに、水がちゃんと入ったかどうか、確《たし》かめながら帰りましょう！」

手植えがおわるとすぐに、あぐり先生は、田んぼのすみにある取水弁《しゆすいべん》を開いて、用水路の水を田んぼに流し入れていた。

ぼくたちは、あぐり先生といっしょに農道を歩いていった。

「うわあ～」

ぼくたちは、畔《あぜ》に立ちつくした。

田んぼはひたひたと水をたたえ、まるで湖のようだ。その中で、植えたばかりの苗《なえ》が風になびいている。広い田んぼの中で、ひらひらと葉先を揺《ゆ》らす苗は、なんともか細く見える。

奈々《なな》が、心配そうな声を出した。

「ねえ、苗は今まであたたかいハウスの中にいたわけでしょ？　急に寒い外の世界につれてこられてだいじょうぶかなあ」

重い土を押《お》しあげて芽ぶいてきた苗たち。自分たちの子どものように大事に育ててきた苗たち。ぼくも奈々と同じ気持ちだ。たぶん、雄成《ゆうせい》も。

「だいじょうぶよ。今、苗たちは、必死で土の中に根を下ろそうとしているの。みんなが思っているより、ずっとずっとたくましいんだから」

あぐり先生の自信に満ちた声が、ぼくたちの不安をかきけすように、あたたかく胸《むね》に流れ込《こ》んでくる。

がんばれ、苗《なえ》！

目の前の苗が、ぐんと頼《たの》もしく見えてくる。

その時、ぼくたちのほおをなでるように、風がさーっと田んぼを吹《ふ》きぬけていった。

空をおおっていた雲のかたまりが風で流され、あたりに太陽の光がみちてくる。

「ああ、やっと晴れてきた」

あぐり先生が、空を見上げると、不思議なことを言った。

「よかったわね。田んぼの神様が、みんなにおくりものをくれるそうよ」

「あ！」

次の瞬間《しゅんかん》、ぼくたちはいっせいに息を飲んだ。

田んぼの神様からのおくりものだ！

田んぼの水が鏡になって、空をうつしている。

田んぼの中の青空を、白い雲がゆうゆうと流れていく。
田んぼの中の青空に、ぼくたちが植えた苗《なえ》が、しっかりと根を下ろそうとしている。
こんなにまばゆく、すきとおった空を、ぼくは生まれて初めて見た。

12：スプリングブルーム

田植え体験からしばらくたった夜のこと。トイレに起きると、リビングから、父さんと母さんがひそひそと話をしているのがもれて聞こえた。

「学《まなぶ》のクラブ、なんだかあやしいらしいわよ」

どきりとして、耳をすます。

「どういうことだい？　学は、天気や植物の観察をしているって言っていたぞ。クラブから帰ってくると、科学図鑑《ずかん》を熱心に読んでいるじゃないか」

「それがね、今日、雄成《ゆうせい》君のお母さんから電話をもらったのよ。なんだか、農作業の手伝いがメインらしいって」

「農作業の手伝い?」

「たまたま雄成《ゆうせい》君のデジカメを見たら、学《まなぶ》たちが苗《なえ》の水かけや田植えをしている写真があったらしいの。それに、なぜか、お年寄《としよ》りたちの顔写真がたくさんあるんですって。いったい、あの子たち、何をやっているのかしら」

ぼくは、みょうになっとくした。雄成ったら、大好きな美代《みよ》さんをせっせとカメラにおさめていたもんな。

母さんは、さらに声をひそめた。

「明日、雄成君のご両親が、活動場所まで実際《じっさい》に行って、様子を見てくるそうよ。状況《じょうきょう》次第《しだい》では、クラブをやめさせるって。そのときは、学もやめさせたほうがいいかしら」

「まあ、明日の様子を聞いてから考えればいいさ」

父さんの声に続いて、ガタガタといすの動く音がした。

ぼくは、いそいで自分の部屋にもどった。雄成の親たちがクラブの様子を見にくるなんて、とんでもないことになったぞ。ちょっと見ただけだったら、農作業の手伝いをしたり、お年寄り《としよ》りと遊んだりしているようにしか思えないだろうな……。へたをしたら、ぼくまで、クラブをやめさせられることになるかもしれない。

最悪の展開《てんかい》を想像して、なかなか寝《ね》つかれなかった。

次の朝、クラブの集合場所に行くと、雄成《ゆうせい》が決まり悪そうな顔をしていた。

「先生すみません。今日、ぼくのパパとママが、クラブの様子を見にくるかもしれないって……」

あぐり先生は、けろりとしている。

「ええ、朝早くに、電話をいただきました。住所は連絡《れんらく》しておいたから、ナビを使って来られるそうです」

あぐり先生は、胸《むね》の前で両手をパンと合わせた。

「うれしい。雄成くんのご両親が、クラブの様子に興味《きょうみ》を持ってくれたなんて」

「いや、ぜんぜん興味《きょうみ》を持つって感じじゃないんですけど」

親たちの会話を聞いているから、雄成《ゆうせい》があせるのもわかる。あぐり先生がひどくのんきに思えて、はらはらする。

しずんだ気持ちをかかえながらも、いつものように青いつなぎに着がえた。あぐり先生の後について、ぞろぞろと田んぼめざして進んでいく。

田んぼの中の農道に、白い乗用車がとまった。中から、雄成のお父さんとお母さんが現《あらわ》れた。お父さんはアイロンの効《き》いた綿《めん》パンに白いポロシャツ、お母さんはクリーム色のワンピース姿《すがた》で、どう見ても田んぼにくる格好《かっこう》じゃない。

「なんか雄成の親たち、ここの風景から浮《う》きあがっていない？」

奈々《なな》がこそっと言うので、冷《ひ》や汗《あせ》が出そうになった。

「いつもお世話になっています。雄成の父の角谷春香《かくたにはるか》です」

「母のルリ子です」

ふたりは、ぎごちなくおじぎをした。

「うえ、こんなところまで保護者参観《ほごしゃ》？　さ・い・あ・く」

　またまた奈々《なな》が、雄成《ゆうせい》の耳元でささやいた。雄成が、気まずそうに地面に目を落とす。

「ようこそ！　お父さんとお母さんも、よかったら、こちらに来てください！」

「いいえ、ここでけっこうです」

　あぐり先生が声をかけたが、革靴《かわぐつ》とパンプスが汚《よご》れるのを気にしてか、ふたりとも畔《あぜ》に足をふみ入れようとしない。

「やっぱり、田んぼで活動しているのは本当のようね」

「どう見ても、農作業だな」

　ルリ子さんたちのひそひそ声が、耳に入ってくる。

　あぐり先生はすずしい顔をしている。畔にしゃがみこんで、田んぼの水面までぐっと顔を近づけた。

「いいですか？　良く目をこらして田んぼを見てくださ〜い」

目の前には、静かな田んぼが広がっているだけだ。苗《なえ》は風にひらひらとそよいでいる。いったい、何が見えるって言うんだろう。

ぼくたちは、あぐり先生と同じように、田んぼに顔を近づけた。

「うわ〜、いるいる！」

おどろいた。田んぼの中には、びっくりするほどたくさんの生き物がいるではないか。

「ヤゴだ！」

ぼくは、初めてみる本物のヤゴに大興奮《だいこうふん》だ。奈々《なな》も雄成《ゆうせい》も、田んぼの中の世界に、目をうばわれている。

「あ、おたまじゃくしだ。泳ぐのはや〜い！」

「なんで？　ミミズとクモまで泳いでるよ。おぼれないの？」

「まあ、ミミズ？　クモですって？」

ルリ子さんは、おびえたように顔をしかめた。ところが、春香《はるか》さんは、大はしゃぎのぼくたちに興味《きょうみ》をひかれたのか、革靴《かわぐつ》のまま、そろそろと田んぼに近づいてきた。

そして、ぼくたちの背中《せなか》ごしに、田んぼをのぞき始めた。

「今度は、みんな、もっと、目をこらしてみて」

もっと目をこらす？　まだまだ見えないものがあるのかな。カメラのズームを拡大《かくだい》するように、じっと田んぼの中に目をこらした。すると、薄茶色《うすちゃいろ》のゴマ粒《つぶ》のようなものが見えてきた。

「これ何？　ごみみたい！」

「自分で動いているよ」

「生き物ってこと？」

田んぼの水面には、風が起こしたさざ波が立っている。けれども、無数の粒粒《つぶつぶ》は、水に流されているのではなく、確《たし》かに自分で動いている。小さすぎて、はっきりと形がわからないのが、もどかしい。

「これから家にもどって、田んぼの水をじっくり観察しましょう」

ぼくたちは、あぐり先生にわたされたジャムの空きびんに田んぼの水をくみ、鎌足《かまたり》さんの家へと向かった。後をついてきた春香《はるか》さんとルリ子さんは、かやぶき屋根の大きな家を前に、目を丸くしている。

家の中は三部屋が続きになっていて、土間から上がってすぐの茶の間、仏壇《ぶつだん》のある中の間、そして一番奥《おく》の上段《じょうだん》の間と、それぞれの部屋に名前がついている。

あぐり先生の目がキラリと光をはなった。

「中の間のふすまを開けてください」

「あ、顕微鏡《けんびきょう》だ！」

中の間の座卓《ざたく》の上には、顕微鏡やスポイトや薬の入ったびんが準備《じゅんび》してあった。

まるで理科室だ。

「今日は、田んぼの水の、ミクロの世界をたっぷり体験してもらいますよ！」

あぐり先生はスライドガラスにスポイトで田んぼの水をたらし、カバーガラスをかぶせた。顕微鏡をのぞいてピントを合わせ、リモコンをテレビに向けた。

「何これ！」

ぼくたちは、いっせいに声を上げた。

テレビの画面いっぱいに、見たことのない生き物が泳ぎまわっている。丸くてヒゲのようなものが生えている生き物。ミミズのような生き物。楕円形《だえんけい》、三日月や丸い形をした緑色の生き物も見えた。

「あぐり先生、これ、いったい何ですか？」

「田んぼの中に住んでいる、微生物《びせいぶつ》です」

「びせいぶつ？」

「そう。人の目にははっきりと見えないくらいの、小さな生き物のことです」

あぐり先生は、上段《じょうだん》の間にそなえつけの大きな本棚《ほんだな》から、分厚《ぶあつ》い本を何冊《なんさつ》もかかえてくると、座卓《ざたく》の上においた。

「この図鑑《ずかん》で、微生物の正体を調べてください」

この不思議な生き物は、いったい何ものなんだろう。ぼくたちは、テレビの画面を見ながら、夢中《むちゅう》で図鑑《ずかん》のページをめくった。

「わかった、この粒粒《つぶつぶ》はカイミジンコだよ」

「へえ、カイミジンコっていうのか。ひげみたいのを動かしているぞ」

「ねえ、こっちの三日月みたいな形をしているのは、ミカヅキモじゃない？」

「丸い形をしているのも見てみろよ、ボルボックスだって。すげ～、なんでなんで？

くるくる回転している」

あぐり先生が、顕微鏡《けんびきょう》のダイヤルに手をかけた。

「ちょっとピントを変えてみます。今までみんなが見たのは、スライドガラスとカバーガラスの間の水の中にいた微生物《びせいぶつ》。こんどはカバーガラスにくっついている微生物が見えます」

一瞬《いっしゅん》画面がぼやけたかと思ったら、画面の真ん中に、ゆっくりと形を変えながら移動《いどう》する、透明《とうめい》なスライムのような生き物が現《あらわ》れた。

「うわ～、何だこの動き！」

テンションがさらに上がる。

春香《はるか》さんは、体をもぞもぞさせながらぼくたちの様子を見ていたかと思うと、とつぜん、ぼくたちの間にわって入ってきた。

「これは、アメーバじゃないか?」

雄成《ゆうせい》は、不意打ちをくらったように口をぽかんとあけて、春香さんを見た。

「パパ、知っているの?」

「ああ、子どものころ、学校の授業《じゅぎょう》で見たような気がするんだ」

春香さんは、いつのまにか、ぼくたちといっしょになって、微生物《びせいぶつ》の観察に夢中《むちゅう》になっていた。

カイミジンコ、ケンミジンコ、ミカヅキモ、ボルボックス、アメーバ、ゾウリムシ、ワムシ、ツリガネムシ……。

デジカメで写真を撮《と》り、図鑑《ずかん》で名前を調べていく。田んぼの水のひとすくいに、こんなにたくさんの微生物が生きているなんて!

「みんな、ちょっと話を聞いてください」

あぐり先生は、スケッチブックを手に、にっこりとした。

「今日はみんなに、わたしの大好きな言葉を紹介《しょうかい》したいんです」

あぐり先生は、黒マジックでスケッチブックに大きく、カタカナで「スプリングブルーム」と書いた。

スプリングブルームって、何だろう。

雄成《ゆうせい》が、春香《はるか》さんの顔をうかがった。

「パパ、わかる？」

春香さんは、ちょっと自信なさげに答えた。

「うん……、スプリングは春。ブルームは、たぶん、花が咲《さ》くことだったかな」

「はい、雄成君のお父さん、正解《せいかい》です」

雄成は、たのもしそうに春香さんを見た。

あぐり先生は、目をキラキラさせながら言った。

「春になって、植物がいっせいに芽を出し、花が咲《さ》くことを、スプリングブルームと言います。実は、春になると、海の中でプランクトンが爆発的《ばくはつてき》に増《ふ》えます。その現象《げんしょう》も、スプリングブルームと言うんです。田んぼの中でも、今同じように、微生物《びせいぶつ》がすごい勢《いきお》いで増えています。どこもかしこも、花盛《はなざか》り。命がふき出す、スプリングブルームの時なんです」

遠くから見たら、苗《なえ》が風にそよいでいただけの静かな田んぼ。その田んぼの中で、命の爆発がおこっているんだ！

スプリングブルーム。

そっとつぶやいたら、まるで咲き誇《ほこ》る花の香《かお》りにつつまれたように、胸《むね》がときめいた。

13：三角ちまき

「おやおや、今日もまた、にぎやかだすな」

美代《みよ》さんが風呂敷包《ふろしきづつ》みを持って家に入ってきた。ぼくたちは、熱中しすぎて気がつかなかったけれど、時計の針《はり》は十二時近くをさしていた。

「あ、あのおばあさん……」

ルリ子さんが、美代さんの顔を見てはっと口をおさえた。

あぐり先生が、美代さんを紹介《しょうかい》した。

「美代さんには、みんないつもおいしいものをごちそうになっているんですよ」

春香《はるか》さんとルリ子さんは、とまどいがちに軽くえしゃくをした。

「いつも、お世話になっています。雄成《ゆうせい》の父と母です」

「雄成ちゃんのパパさんとママさんか。こっちこそ、雄成ちゃんにはうんと世話になっているんでがす」

雄成は美代《みよ》さんに世話になりこそすれ、美代さんをお世話なんかしていないぞ。

「逆《ぎやく》でしょ」とのどまで出かかった言葉を飲み込《こ》んだ。

「美代さん、今日のごちそうは何？」

雄成が目をかがやかせて、美代さんにかけ寄《よ》る。ルリ子さんが、あきれたように、「まあ」という形に口を開いた。

風呂敷包《ふろしきづつ》みをとくと、竹で編《あ》んだざるに緑色で三角の形をしたものが入っていた。

「わ〜、ちまきだ！　今年も作ってくれたのね。美代さん、ありがとう〜！」

あぐり先生はちまきを一つ皿に取り、仏壇《ぶつだん》にそなえて手を合わせた。

「さあさあ、みんなでいただくとすっぺ」

美代さんがいそいそと、茶の間に竹ざるを持っていった。

春香《はるか》さんとルリ子さんは、気まずそうに顔を見合わせると、立ち上がった。

「わたしたちは、これで失礼します」

美代《みよ》さんが、目をパチクリとさせた。

「なんとまず、いっしょに食べていがねのすか？」

「いや、とつぜん来てごちそうになるわけには」

「ほだごと言わねでけろ。みんなでいっしょに食べたほうが、うまいんだから」

「でも……」

「雄成《ゆうせい》ちゃんだって、いっしょに食べたいべ」

雄成ははずかしそうに、こくりとうなずいた。

春香さんとルリ子さんは、困《こま》ったような表情《ひょうじょう》をうかべていたが、思い切ったように、雄成のとなりに腰《こし》をおろした。

「じゃあ、お言葉に甘《あま》えるとするか」

雄成は、うれしそうに体をもぞもぞさせた。

ぼくと奈々《なな》は、台所に皿とはしをとりに行った。奈々は、おもしろくなさそうに、カチャカチャと音をたてながら皿を重ねた。

「ま〜ったく、雄成《ゆうせい》って過保護《かほご》だよね。か・ほ・ご」

「奈々、お前、本当に口が悪いぜ」

ぼくがたしなめると、奈々はつんとそっぽをむいた。でも本当は、ちょっぴり雄成がうらやましかった。

座卓《ざたく》につくと、みんなに、一つずつちまきをのせた皿が配られた。

「美代《みよ》さん、これ、どうやって食べるの?」

ぼくたちは、初めて食べるちまきを前に、どうしたらいいかわからない。

美代さんは、ちまきの食べ方を教えてくれた。イグサのひもをといて笹《ささ》の葉をむくと、中から三角の形になった白いご飯が現《あらわ》れた。

「黄《き》な粉《こ》をたっぷりかけて食べてごらん。砂糖《さとう》が入っているから甘《あま》いんだ」

美代さんの言うように、ご飯に黄な粉をかけて食べてみた。

「うま！」

ご飯にしみこんだ笹《ささ》の香《かお》りが、ふわっと口に広がる。

はじめはえんりょしていた春香《はるか》さんとルリ子さんだったけれど、興味《きょうみ》をひかれたように、笹ちまきを口に運んだ。

「へえ、もちもちしていて、おいしい」

「笹の葉の香りがするわね」

ふたりとも、すっかり目がやわらいでいる。

美代《みよ》さんの作る食べ物には、人をやさしくさせる魔法《まほう》がかかっているのかな。

それにしても、このちまき、見れば見るほど不思議な形だ。

「美代さん、この三角ちまきってどうやって作るの？」

ぼくの問いに、美代さんは食べおわった後の笹の葉を手に取った。

「よく見てみればわかっぺ。こうして、一枚目《いちまいめ》の笹の葉を三角に折って、中にもち米を入れる。その上にもう一枚《いちまい》、笹の葉をかぶせてふたをする。イグサでしばってから、わかしたお湯の中に入れて、一時間煮《に》るんだ」

「うわあ、けっこう手間がかかっているんだなあ」

感心すると、あぐり先生が言った。

「この笹《ささ》ちまきはね、昔からの保存食《ほぞんしょく》なのよ。笹の葉には抗菌力《こうきんりょく》があるから、風通しの良いところにおけば、冷蔵庫《れいぞうこ》に入れなくても四、五日は平気なの」

「まじで？　冷蔵庫に入れなくても大丈夫《だいじょうぶ》なの？」

あぐり先生が、「ええ、まじで！」と笑った。

「昔の人の知恵《ちえ》はすごいわよね。笹の葉の抗菌力を、経験《けいけん》で知っていたんだから」

ぼくは、ご飯粒《はんつぶ》がついたままの笹の葉をまじまじと見つめた。冷蔵庫なしの生活なんて、やっぱり考えられない。

「笹のほかにも、柏餅《かしわもち》、桜餅《さくらもち》、柿《かき》の葉寿司《ずし》って聞いたことあるでしょう？　昔から、葉の持つ抗菌力を利用していたのね」

「どうして、葉っぱにそんな力があるんですか？」

「学君《まなぶ》、ちょっと考えてみて。食物と動物のちがいって何だと思う？」

「えっと……、植物は動かないけれど動物は動く？」

「そう。植物は自分で逃《に》げていくことができないから、害虫や細菌《さいきん》を寄《よ》せつけないような物質《ぶっしつ》を出して自分の身を守っているわけ」

「へえ〜！」

ぼくといっしょに、美代《みよ》さんまで感心した声を上げた。

「あぐりちゃんよ、おら知らねがった。そういうことだったのかい」

「そうよ、美代さんたちの知恵《ちえ》は、科学の先端《せんたん》を行っているんだからね！」

「あれまあ、そだごと言われたら、うれしいべ」

美代さんが、まるで子どもみたいにぽうっとほおを赤らめるので、ぼくたちまでうれしくなって口元がにやけた。

美代さんは、ぼくたちが笹《ささ》ちまきを平らげて空になった竹ザルを風呂敷《ふろしき》に包むと、うきうきとした足どりで帰っていった。

14：アグリサイエンス

春香《はるか》さんが口を開いた。

「先生、ちょっとお話が……」

あぐり先生はこくりとうなずくと、ぼくたちに言った。

「みんな、田んぼの苗《なえ》を写真にとってきてくれる？　定点観察しているでしょう？」

ぼくたちは定点観察といって、田んぼの中の決まった場所から苗をデジカメでとって、記録していた。同じ場所から見ることで、苗の成長具合がよくわかるのだ。

でも、あぐり先生がこのタイミングで言うってことは、「席をはずせ」という意味にちがいない。雄成《ゆうせい》の顔がさっとくもり、奈々《なな》がそっぽを向く。ぼくに、良い考えが浮《う》かんだ。

「よし、行こう！」

何食わぬ顔で外に出ると、体をかがめて奈々《なな》と雄成《ゆうせい》に手まねきをした。

「こっち、こっち」

田んぼに行ったふりをよそおい、足音を立てないように、そっと台所の裏口《うらぐち》にまわって家の中に入った。台所の引き戸をそっと開けて、すき間から春香《はるか》さんたちの様子をうかがう。

「実は、わたしたちが今日様子を見に来た理由なんですが……。クラブの活動について心配になったのです。雄成のとった写真を見ると、なぜか農作業の手伝いをしている写真ばかりで、クラブの目的とずれているのではないかと」

あぐり先生は、落ちついている。

「はい、メインの活動場所は田んぼです。みんなには、農作業の体験も、しっかりやってもらっています」

あぐり先生の口調には、言《い》い訳《わけ》めいたところはこれっぽっちもない。春香《はるか》さんの声が、あぐり先生をせめるようにかたくなった。

「え？　どういうことですか。ここは、科学体験クラブのはずですよね」

まずい。このままでは、雄成《ゆうせい》もぼくも、クラブをやめさせられてしまうかもしれない。心ぞうがドキドキしてきた。

あぐり先生は、おだやかな表情《ひょうじょう》のままだ。

「もちろん、科学体験クラブです」

「先生の言っている意味が、よくわかりませんが」

あぐり先生は、両ひざの上にぐっとこぶしを握《にぎ》ると、春香さんの目をまっすぐに見つめながら、きっぱりと言いきった。

「農業は、科学だからです！」

「はあ？」

春香さんの声がうらがえる。

どういうこと？　ぼくたちの目が点になる。

あぐり先生は、たたみかけるように言った。

「農業体験の中には、物理学・化学・生物学・地学の、科学体験が含《ふく》まれるからです！」

ぶつりがく、かがく、せいぶつがく、それにちがくだって？　がくがくがくって、むずかしい言葉ばかりで、ちんぷんかんぷんだ。でもあぐり先生の気迫《きはく》だけは、まるで稲妻《いなずま》のように、体の中をびりびりとかけ抜《ぬ》けていった。

一瞬《いっしゅん》考えこんでいた春香《はるか》さんだったが、「あ……」と小さく声をもらすと、まるでなぞ解《と》きを楽しむ探偵《たんてい》のように目をやや細めて、あぐり先生を見た。

「そうか……。農業は、英語でアグリカルチャー。つまり、あぐり先生の名前は、農業のあぐりなんですね」

あぐり先生は、うれしそうにうなずいた。

「はい！」

「あぐり☆サイエンスクラブは、農業科学クラブってことだ」

「はい、大正解《だいせいかい》の花マルです！」

あぐり先生は、満面の笑《え》みでうなずいた。

春香《はるか》さんが、とつぜん大きな声で笑いだした。

「あははは、うれしいな。この年で、先生に花丸をもらえるとは」

なんだ、どうなったんだ？　ぼくたち三人は、顔を見合わせた。

「先生、田んぼの世界って、おもしろいですね。正直に白状《はくじょう》すると、いつのまにか、わたしまで夢中《むちゅう》になっていたんです」

春香さんは、座卓《ざたく》の上をじっと見つめながら話を続けた。

「実は、わたしの名前なんですが、春の香《かお》りと書いて、はるかと呼《よ》ぶんです。女の子みたいだって友だちにからかわれて、ずいぶんいやな思いをしました。息子《むすこ》には雄成《ゆうせい》という勇ましい名前をつけたんですが、ついつい甘やかしてしまって……。こらえ性《しょう》がないというか、これまでどの塾《じゅく》も習い事も、長続きしなかったんです」

雄成《ゆうせい》が、息をつめて聞き耳を立てている。

「でも、今日の雄成は、まるで何かのスイッチが入ったように、生き生きとしていました」

春香《はるか》さんがそう言った瞬間《しゅんかん》、雄成がすんと息をすった。鼻の上にうっすらと汗《あせ》を浮《う》かべ、口をきゅっと一文字《いちもんじ》に結んでいる。どきりとした。甘《あま》えんぼうの子犬のようだった雄成が、急にたくましく見えたからだ。

「あぐり先生、これからもどうぞよろしくおねがいします」

「雄成からクラブの話を聞くのを、家で楽しみにして待っています」

春香さんとルリ子さんは、そう言って腰《こし》を上げた。

「雄成、なんとか、クラブをやめずにすみそうだな」

「うん、学《まなぶ》もね」

ぼくと雄成は、ほっとため息をつくと、かちかちになった体をゆるめた。

「まったく、あんたたちったら」

奈々《なな》はあきれたように言ったが、口元はほっとしたようにゆるんでいる。奈々も心配してくれていたのかな。そう思ったら、おなかの中がくすぐったくなった。

春香《はるか》さんとルリ子さんを玄関《げんかん》の外まで見送ると、あぐり先生が、ぼくたちのいるほうにゆっくりと顔を向けた。

「みんな、かくれんぼはおわりよ」

「げ、ばれてるし！」

あぐり先生には、ぼくたちがかくれて聞き耳を立てていたことなんか、お見通しだったのだ。

台所からすごすごと出てくるぼくたちを、あぐり先生は、晴れやかな笑みでむかえてくれた。

「あぐり☆サイエンスクラブのみなさん、大事なことを忘《わす》れていない？」

「大事なこと？　なんだっけ」

顔を見合わせるぼくたちに、あぐり先生はあきれたように言った。

「田んぼの定点観察《かんさつ》、まだでしょう？」

「あ、そうだった！」

「ほら、すぐにいってらっしゃい！」

あぐり先生はまるでスイッチを入れるみたいに、ぼくたちの背中《せなか》をポンポンと押《お》した。たちまち背筋《せすじ》がしゃんとする。

「ようし、いこう！」

スプリングブルームの田んぼが待っているぜ！

ぼくたちは、全速力で走り出した。

15：カエルの歌が聞こえてくるよ

雄成《ゆうせい》の親からどんな話を聞いたのかはわからないが、結局ぼくの家では、クラブのことは何も言われなかった。

父さんも母さんも相変わらず忙《いそが》しくて、兄ちゃんはだんまりをきめこんだままで、ぼくは毎晩《まいばん》、文句《もんく》も言わずにグレープフルーツをかじった。

六月になって、梅雨入《つゆい》りのニュースが聞かれるようになったころ。

あぐり☆サイエンスクラブでは、「夜の田んぼ体験」をすることになった。

いつもとちがって、夜の活動というだけで、わくわくする。

田んぼが暗くなるまでの間、田んぼの生き物を観察することになった。

「今日は、この道具を使います」

「まさか、釣《つ》りざお？」

あぐり先生がさしだした細い枝《えだ》には、先を丸く結んだ、黒い糸がたれている。

あぐり先生は、指先で枝を細かくふるわせた。

「こうして動かすと、丸めた黒い糸を虫だとかんちがいして、カエルが飛びついてくるんです」

カエル釣りだ！　おもしろそう！

ぼくたちはわくわくしながら、田んぼの中に糸をたらした。するとさっそく、カエルが数匹《すうひき》、ぴょんぴょんとはねながら、糸の先めがけて集まってきた。

「大きくゆらすとカエルも警戒《けいかい》するから、虫になったつもりで、細かくゆらして」

虫になったつもり、虫になったつもり！

虫が細かく羽をふるわすように、糸をゆらす。

「あ、釣《つ》れた！」

ぼくの釣り糸にカエルがぴょんとだきついた。あわててひきあげようとしたら、おどろいたカエルが手をはなし、ポチャリと水の中に落ちて、そのますいっと逃《に》げていった。

「あ～あ」

奈々《なな》も雄成《ゆうせい》も、せっかく釣り上げたカエルに、逃げられてばかりだ。カエル釣りは、なかなかむずかしい。

ぼくたちは、道具をあみに持ちかえて、カエルをとることになった。

田んぼの中には、大きさや色、形のさまざまなカエルが、おどろくほどたくさんすんでいた。つかまえたカエルを写真にとり、図鑑《ずかん》で名前を調べていく。

緑色の体をした小さなアマガエル。少し大きめで茶色のアカガエル。背中《せなか》に線が入って顔がとがったトウキョウダルマガエル……。

「田んぼに、こんなにいっぱいカエルがいるなんて！」

ぼくが感心すると、あぐり先生が言った。

「学君《まなぶ》、これだけたくさんのカエルが何を食べて生きているか想像《そうぞう》してみて」

カエルが生きていくために必要なもの？　頭に、カエル釣《つ》りがぱっとよみがえった。

「虫？」

「そう、カエルが、田んぼの害虫を食べてくれるの。だから、農家にとっては、カエルは心強い味方なの。カエルが神様になっている国もあるぐらい」

そうか、カエルは苗《なえ》を害虫から守ってくれているんだな。そう思ったら、カエルにぐっと親しみがわいてきた。といっても、ウシガエルには会いたくないけれど！

「ねえ見て、このカエル、かわいい」

奈々《なな》がさし出した手には、緑色も鮮《あざ》やかなカエルがのっていた。金色にふちどられた黒いひとみがどきりとするほど美しい。愛らしい顔つきをしていて、まるでおもちゃのようだ。

あぐり先生が、めくっていた図鑑《ずかん》のページにぴたりと人さし指をおいた。

「あった！　奈々《なな》さん、それはたぶん、シュレーゲルアオガエルね」

「シュレーゲルって、外国のカエルですか？」

「いいえ、日本のカエルです。でも、なぜかこのカエルは、シュレーゲルさんという、オランダの博物館の館長さんの名前をもらったらしいわね」

「へえ〜、外国の館長さんの名前をもらったなんて、めちゃかっこいい」

奈々はすっかり、シュレーゲルアオガエルを気に入った様子だ。

「あ！」

次の瞬間《しゅんかん》、シュレーゲルアオガエルは、奈々の手をはなれ、田んぼの中に逃《に》げていってしまった。奈々は、まるで大事な宝石《ほうせき》を落としてしまったように、シュレーゲルアオガエルが消えていった水の中を見つめている。

「がっかりすんなよ。また、見つかるさ」

ぼくがなぐさめるつもりでそう言うと、奈々はつんと横を向いた。

「がっかりなんかしてないし！」

ちぇ、まったく、奈々《なな》はめんどうくさい。

ぼくたちは、いったん鎌足《かまたり》さんの家にもどった。座卓《ざたく》にノートを広げ、カエルの写真と名前をまとめていると、あぐり先生が、大小さまざまな懐中《かいちゅう》電灯を持ってきた。

「古いものも引《ひ》っ張《ぱ》り出してきちゃったから、電気がつくか、よく調べておいてね」

そう言うと、あぐり先生は鎌足さんといっしょに、田んぼの見回りに出かけて行った。田んぼの中にちゃんと水が入っているか、朝夕の見回りが欠かせないらしい。

懐中電灯のつき具合を確《たし》かめていると、奈々が首を伸《の》ばして外をうかがった。

「ねえ、ここって、田んぼばっかりだから、本当に真っ暗になるんだよね。学《まなぶ》も雄成《ゆうせい》も、真っ暗なところって歩いたことある？」

真っ暗なところって、あったっけ？　ぼくたちが住む街《まち》の中は、お店や車の光があふれていて、夜でも明るい。家の中も、どこかに必ず灯《あか》りがついている。

「そういえば、ないかも……」

「ぼくも……」

急に心細くなった。すると奈々《なな》が、手をだらりとたらしながら低い声で言った。

「きっと、お化けが出るよ〜」

思わずたじろいだぼくとは反対に、雄成《ゆうせい》がこめかみに人さし指をあてた。

「ぼく、田んぼに出る妖怪《ようかい》知ってる！」

「え、何？」

奈々の声が上《うわ》ずる。

「一つ目妖怪の泥《どろ》だ坊《ぼう》だ」

「一つ目妖怪？　ど・ろ・だ・ぼ・う？」

雄成の言葉をくり返しながら、奈々はほおをひきつらせた。

すると雄成が、声色《こわいろ》まで泥だ坊になりきって、話し始めた。

「むか〜し、おじいさんが残した大切な田んぼを〜、孫がほったらかしにして売り飛ばしたんだとさ〜。それからというもの〜、田んぼの中から、泥だ坊が現《あらわ》れて〜、そばを通る人におそいかかったんだとさ〜。『おらの田んぼをかえせ〜』って」

「やだ～！」

いつもならやりかえすはずの奈々《なな》が、悲鳴をあげる。

「もう、奈々も雄成《ゆうせい》も何やってんだよ。きもだめし大会じゃないんだからな！」

ふたりにはえらそうに言ったものの、泥《どろ》だ坊《ぼう》の姿《すがた》が頭に浮《う》かんで、背中《せなか》がぞくりとしていた。

座敷《ざしき》から、夜に近づいていく空を見上げると、薄《うす》い青色をしていた空は、次第《しだい》に光を失い、鉛色《なまりいろ》に染《そ》まっていく。

「ただいま」

鎌足《かまたり》さんとあぐり先生が、田んぼの見回りからもどってきた。手には風呂敷包《ふろしきづつ》みを持っている。

「美代《みよ》さんからの差し入れですよ」

「うわあ！」

ぼくたちは、風呂敷包《ふろしきづつ》みを取り囲んだ。先生が風呂敷包みをとくと、ふわんと香《こう》ばしいにおいがした。重箱の中には、こげ茶いろのおにぎりが入っている。

鎌足《かまたり》さんがうれしそうに言った。

「お、焼きみそおにぎりだな」

「甘《あま》みそをぬってからコンロで焼いてあるのよ。これ、最高においしいわよ～！」

さっそく、ぼくたちは、みそおにぎりをほおばった。甘みそのこげたところが、何とも言えない香《こう》ばしさだ。

「コンビニのおにぎりと、ぜんぜん味がちがう」

雄成《ゆうせい》が口いっぱいにご飯をほおばりながら、目を大きくした。

「そりゃ、みそも手作りだからな」

鎌足さんが言うと、雄成の目がますます大きくなった。

「すげ～、美代《みよ》さんは、みそまで作っちゃうんだ！」

おいしいものを次つぎと作りだす美代さんは、本当に、魔法《まほう》使いなのかもしれない。

奈々《なな》が、おにぎりの中をのぞきこんだ。

「しかも、梅干《うめぼ》しまで入っているよ」

「本当だ、すっぱ！」

梅干しの汁《しる》を吸《す》って、赤紫色《あかむらさきいろ》に染《そ》まったご飯を口に含《ふく》むと、だえきがじゅわっとわいてくる。

美代《みよ》さんの焼きみそおにぎりは、香《こう》ばしくて、甘《あま》くてしょっぱくて、そのうえ酸《す》っぱい！ ぼくたちは、口の中にひろがるいろいろな味を、たっぷりと味わった。

16：田んぼの宇宙《うちゅう》

おなかもいっぱいになったころ、柱時計のチャイムが七時を知らせた。

あぐり先生と鎌足《かまたり》さんが、懐中《かいちゅう》電灯を持って立ちあがった。

「さあ、夜の田んぼ体験に出発しましょう！」

いよいよだ。明るい家を出て、夜のとばりの中へと足をふみ出す。

胸《むね》の中で、冒険《ぼうけん》が始まる期待と不安とが、ないまぜになっている。

家の外に出たとたん、カエルの鳴き声がウワンとひときわ大きくなった。屋敷《やしき》の前に街灯《がいとう》があるだけだから、懐中電灯を持って足元を照らしながら歩いていく。

田んぼの農道のあたりは、すべてを黒でぬりこめたような、まっ暗闇《くらやみ》だ。

農道にぽつりぽつりと立っている電灯が、田んぼの水にうつって、そこだけがゆらゆらとあやしく光っている。別世界にでもまぎれこんだみたいだ。

泥《どろ》だ坊《ぼう》が出てきたらどうしよう。

まとわりついてくるような暗闇《くらやみ》が恐《おそ》ろしくて、ぼくたちはいつのまにか、互《たが》いにぴたりと体をよせあっていた。

あぐり先生と鎌足《かまたり》さんが、ぼくたちをがっちりと守るようにして歩いてくれる。田んぼの農道を進むにつれ、カエルの声は、ますます大きくなっていった。

ゲロゲロとかゲコゲコじゃない。ワンワンワンワンという音の洪水《こうずい》が耳に押《お》し寄せ、鼓膜《こまく》がびりびりとふるえるほどの大音量だ。鼓膜だけじゃない。体全体にカエルの鳴き声の振動《しんどう》が伝わってくる。

カエルの鳴き声にかき消されないように、あぐり先生が声を大きくした。

「今鳴いているのは、全部オスのカエルです。『おれはここにいるぞ！』って、メスに自分の居場所《いばしょ》を知らせて、アピールしているの」

奈々《なな》が不思議そうにたずねた。

「鳴くのはオスだけ？　メスは鳴かないんですか？」

「ええ、自分の居場所《いばしょ》を知らせるってことは、敵《てき》に身をさらすことにもなるんです。だからメスは安全な場所にいて、オスだけが命がけで鳴くのよ」

「なんか切ない～」

「がんばれよ～、オス」

ぼくと雄成《ゆうせい》は、ついオスのカエルに同情《どうじょう》してしまう。あぐり先生は、すました顔で言った。

「実はね、元気な声で鳴くオスが、メスにもてるんです」

「そんな～」

余計《よけい》に身につまされたところに、奈々の言葉がぐさりと刺《さ》さる。

「なるほどね。学《まなぶ》も雄成も、もてっこないわけだ」

「ちぇ！」

ぼくたちは言い返すこともできずに、首をすくめた。

「うふふ、みんな、よく聞いてみて。カエルたちはいっせいに鳴いているように聞こえるでしょう？　でもね、それだと、メスに自分の居場所《いばしょ》がわからないから、となりのカエルと声が重ならないように鳴いているのよ」

あぐり先生は、カエルの声に耳をすますように、ぴたりと口をとじた。

ぼくも、カエルの声をふるいにかけるように、耳に神経《しんけい》を集中した。よく聞いていると、たしかに、いっせいに鳴いているのではなく、びみょうに鳴き声がずれている感じがする。

「ねえ、これって、『かえるの歌』のリアル輪唱よね」

「なつかし〜、音楽の時間に歌わされたな」

「でもさ、歌っていう感じじゃないよ。この迫力《はくりょく》……」

わずかに間を置いてから、あぐり先生が力のこもった声で言った。

「命の叫《さけ》び、だと思う」

「命の叫《さけ》び」か！　なんかすげえ……。

ぼくは、胸《むね》が熱くなるのを感じて、ぎゅっとこぶしをにぎりしめていた。

ぼくたち三人は、口を閉《と》じたまま、しばしの間、カエルの鳴き声に身をゆだねた。

ワンワンワンワン

カエルの鳴き声が、ひときわ大きくなった。遠くから近くから声が重なり合い、空の上からも降《ふ》りそそいでくる。

「あ、星があんなに！」

奈々《なな》が空を指さした。

見上げると、月もない夜空には、黒い紙にガラス粒《つぶ》を散らしたように、無数の星がまたたいている。暗闇《くらやみ》の中でひとつに溶《と》け合う、田んぼと星空。

ここは、田んぼの宇宙《うちゅう》だ！

ふと、ぼくの頭に、マンションの部屋が浮《う》かんだ。去年の今ごろ、ぼくは明るい電灯の下でゲームをしていたのだ。田んぼの宇宙は、存在《そんざい》さえも知らない、はるか

かなたの世界だった。

でも、ここまで来るのにロケットはいらない。ぼくが住んでいる街《まち》まで、地面はひとつにつながっているんだ。

父さんたちにも聞かせたいな、カエルたちのこの鳴き声。母さんのせかせかも、父さんのしかめっ面《つら》も兄ちゃんのしらけ顔も、み〜んなみんな、吹《ふ》き飛ばされちまうぞ！

母さんも父さんも、腰《こし》を抜《ぬ》かすだろうな。兄ちゃんもきっとびっくりして……！

びっくり眼《まなこ》の兄ちゃんの顔を思い浮《う》かべたとたん、ぼくはたまらずに、ぷっとふきだしてしまった。

「やだな、学《まなぶ》ったら、何笑ってんのよ」

「なんだよ、ぼくまで、おかしくなってきたじゃんか」

奈々《なな》と雄成《ゆうせい》まで、つられてくすくす笑い出した。

ワンワンワンワンワン

カエルの声にゆさぶられながら、ぼくは声を上げて笑った。
あぐり先生までくすくすと笑いだす。
鎌足《かまたり》さんが、ぼくたちの肩《かた》に手を回しながら言った。
「いいぞ、笑え、笑え！　カエルに負けないくらい、でっかい声でな！」
その夜ぼくたちは、真っ暗な田んぼの中で、腹《はら》がよじれるぐらい大きな声で笑った。
田んぼからこんこんとわき出るエネルギーを、全身で受け止めながら！

堀米《ほりごめ》　薫《かおる》

福島県生まれ。岩手大学大学院卒業。『チョコレートと青い空』（そうえん社）で日本児童文芸家協会新人賞、『あきらめないことにしたの』（新日本出版社）で児童ペン大賞受賞。作品に『林業少年』（新日本出版社）、『金色のキャベツ』（そうえん社）等多数。和牛肥育&水稲&林業の専業農家のかたわら、創作を続けている。日本児童文芸家協会会員。全国児童文学同人誌連絡会「季節風」・「青おに童話の会」同人。

黒須《くろす》高嶺《たかね》

1980年埼玉県生まれ。作品に『幽霊少年シャン』（新日本出版社）、『ふたりのカミサウルス』（あかね書房）、『1時間の物語』『冒険の話 墓場の目撃者』（以上偕成社）、『くりぃむパン』『自転車少年』（以上くもん出版）、『五七五の夏』『ツクツクボウシの鳴くころに』（以上文研出版）、『えほん　横浜の歴史』『日本国憲法の誕生』（以上岩崎書店）などがある。

あぐり☆サイエンスクラブ：春《はる》　まさかの田《た》んぼクラブ!?

2017年４月25日　初　版　　NDC913 158P 21cm
2020年５月10日　第２刷

作　者　堀米　薫
画　家　黒須高嶺
発行者　田所　稔
発行所　株式会社新日本出版社
〒151-0051　東京都渋谷区千駄ヶ谷4-25-6
営業03(3423)8402
編集03(3423)9323
info@shinnihon-net.co.jp
www.shinnihon-net.co.jp
振替　00130-0-13681
印　刷　光陽メディア　　製　本　小泉製本

落丁・乱丁がありましたらおとりかえいたします。

ISBN978-4-406-06133-9　C8393　Printed in Japan